El cirujano

Carlos Pérez Casas

El Cirujano / Carlos Pérez Casas.
Primera edición: febrero de 2018

Corrección: José Antonio Pérez Llera

Maquetación: Gonzalo Aguilar

Diseño de portada: Brissinge Shadowmoon

A los Dragonarios:
Lola Êrhis,
Luis Êrhis,
Maribel Fantástica,
Jorge Escritor
y Borja Dragonarios.

Por acuchillar y desmembrar esta novela
hasta darle el aspecto que merecía.

1

El creador de la inmortalidad yacía inmóvil sobre el asfalto. Conmocionado por lo que acababa de contemplar, Gilberto guardó su electrovara en el interior de su chaqueta y recorrió la distancia que lo separaba del cuerpo en diez zancadas. El sonido de un claxon se mezclaba con el estruendoso serpenteo de los tubotrenes que devolvían a los trabajadores a sus casas. Los conductores detenían sus vehículos y asomaban la cabeza, tratando de averiguar qué había sucedido. Las placas de datos tomando retratos no tardaron en aparecer en las manos excitadas de los peatones. Alguien había sido atropellado en el Puente Europa.

Los ojos del herido se movían confusos y sus labios solo se despegaban para emitir débiles quejidos de dolor. Su retorcido tobillo se apoyaba en el borde la calzada. Gilberto se arrodilló para comprobar su estado. Al ladear su cabeza alguien se percató de la identidad de la víctima.

—¡Es el Cirujano!

El interés creció entre los presentes. Más y más placas de datos aparecieron para tomar imágenes de lo que estaba ocurriendo. Al igual que muchos otros conductores, el dueño del Sander Omega había abandonado su vehículo para contemplar la escena. Sus ropas lo señalaban como sacerdote, sus manos temblaban de espanto y las piernas parecían incapaces de sostenerlo en pie. El fuerte viento procedente del río Ebro no ayudaba. Se acercó arrastrando los pies y se detuvo a una distancia prudente.

—¿Se pondrá bien? —preguntó el sacerdote con voz atormentada.

Gilberto tragó saliva. No tenía duda de que el Cirujano iba a morir allí mismo, a pesar de los gritos histéricos de quienes reclamaban a un médico que no llegaba. Solo los curiosos acudían al lugar del accidente.

—Gilberto... —susurró el herido.

El sacerdote contuvo el aliento, esperanzado.

—Estoy con usted, *senhor* —dijo Gilberto cogiendo la mano del Cirujano—. ¿Cómo se encuentra?

—Será mejor que no hable —sugirió alguien.

Gilberto estaba de acuerdo, había algo antinatural en la forma del cráneo y la sangre manaba en abundancia.

—¿Cuánto hace...? —preguntó el Cirujano. Sus labios temblaban y sus ojos lo miraban asustado—. ¿Cuánto hace que eres policía?

Aquello fue una sorpresa y Gilberto no supo qué responder.

—¿Es usted policía? —preguntó el sacerdote—. Ha visto lo que ha pasado, ¿verdad? Él se ha cruzado y no he podido frenar. ¡Era imposible!

Gilberto hizo oídos sordos. «Soy espía. ¿Qué le hace pensar que soy un azul?». Al otro extremo del puente, la elegante sede de New Life se alzaba por encima de cualquier otro edificio de Zaragoza. El último sol de la tarde brillaba en sus ventanas superiores y bastaba mirar aquella estructura para percibir su poder e influencia sobre quienes se encontraban a su sombra. Los ojos de Gilberto reptaron por su fachada acristalada hasta la planta cincuenta y cuatro, donde había comenzado aquella inesperada persecución.

«¿Por qué has huido? ¿Por qué no has avisado a los de seguridad cuando me has sorprendido en tu computadora?». Apenas unos minutos antes, el cerebro de Gilberto se había esforzado en inventar una excusa con la esperanza de ganar tiempo antes de que guardias con electrovaras le dieran caza. Ahora se esforzaba en comprender qué había pasado. Por qué un pánico atroz se había apoderado del Cirujano al ver a Gilberto frente a aquella pantalla, el mismo pánico que lo había llevado hasta los carriles del Puente Europa.

El parachoques del Sander Omega goteaba sangre.

«Aquí hay más de lo que me dijeron», reflexionó Gilberto girándose hacia el herido. Nuevas preguntas sobre lo que realmente se escondía tras los logros del Cirujano lo asaltaron.

—¿Le dirás al mundo que no quise hacerlo? —suplicó el moribundo mientras su mirada se perdía entre los rostros de quienes se congregaban para verlo. Rostros afligidos y sorprendidos—. Me empujaron, Gilberto. Me dijeron que podía, así que lo hice.

La gente se iba acercando más y más, a medida que los coches se detenían. Los esfuerzos de un bot de circulación por restablecer el tráfico eran inútiles.

Es el Cirujano, no dejaban de repetir a medida que rodeaban al herido, como espejos proporcionando calor a una agrocúpula.

—No quiero ser un monstruo —solloz*ó* el Cirujano.

Lloraba, no a causa del dolor o la inminencia de su muerte sino porque tenía miedo. «¿Miedo de qué? ¿Qué has hecho?». El sacerdote se arrodilló lentamente sobre el moribundo.

—Usted no es un monstruo —argumentó con voz solemne—. A mi padre lo salvó dos veces: primero cuando descubrió cómo engañar a la muerte, y luego cuando lo libró de los cazacuerpos. Nadie ha hecho tanto por nosotros como usted.

—Tu padre morirá —le dijo el Cirujano al sacerdote. Cerró los ojos tanto rato que Gilberto creía que no los volvería a abrir, pero lo hizo—. Todos lo harán, cuando llegue la hora. He condenado a la humanidad.

«Se está volviendo pálido».

—Pero gracias a usted nuestros hijos pueden vivir sin la amenaza de los cazacuerpos.

Gilberto apretó los dientes, enojado porque muchos se creyeran las dulces mentiras de la prensa. Los cazacuerpos seguían operando, pero se habían vuelto más sofisticados. Los orfanatos cerraban porque ya no había huérfanos. Y en los campos de refugiados solo había ancianos. Acabar con los cazacuerpos era uno de los factores que había incentivado a Gilberto a aceptar aquel trabajo, pero ahora el Cirujano estaba muriéndose frente a sus ojos. «Necesito su secreto de los cuerpos».

Pese a que allí había demasiados testigos, el espía rebuscó en los bolsillos del Cirujano algo que pudiera ser de utilidad. Encontró una tarjeta de claves, un arcaico reloj de bolsillo, su placa de datos personal y algunos papeles. Se guardó la tarjeta en el bolsillo y encendió la placa de datos, el viento no tardó en hacer desaparecer los papeles.

La muchedumbre lo miraba con gesto censor.

—¿Qué estás haciendo?

—¿Quién eres?

«Demasiadas preguntas», pensó Gilberto mirando a su alrededor. Algunos señalaban su uniforme de guardia de seguridad en New Life. Se sentía acorralado y necesitaba que aquella gente lo dejara tranquilo mientras pensaba qué iba a hacer a continuación. Extrajo su identificador pirata y pulsó la tecla de creación de nuevo perfil.

—Soy inspector de delitos económicos para el Ministerio de Hacienda. —El aparato fue generando una falsa identidad conforme hablaba—. Estaba trabajando en un operativo encubierto para combatir la evasión de impuestos de New Life cuando he presenciado este accidente. —Tan pronto como su nueva identidad estuvo lista, la alzó para que todos pudieran verla—. No se preocupen, los servicios médicos están en camino.

Gilberto se percató de que, pese a la gran cantidad de congregados, nadie se había ofrecido a atender las heridas. «Lo dan por perdido». Miró la placa de datos del Cirujano, donde se proyectaba una barra de carga.

Proyecto_NM/protocolo/borrado_zafra/.

Progreso: 4,1%.

—¿Son datos borrándose? —le preguntó al Cirujano.

No respondió, continuaba observando los rostros de la gente. Había quienes apartaban la mirada como si sintieran vergüenza, unos pocos se mantenían en respetuoso silencio, otros lloraban y muchos hablaban con sus comunicadores. En unos minutos la noticia se propagaría por todo el sistema solar.

El religioso murmuraba en voz baja.

Progreso: 4,3%.

La lentitud con la que la barra avanzaba y el calor que el aparato desprendía era prueba de que se trataba de algún proceso de gran envergadura.

—¿Qué es el proyecto NM, *senhor*? —preguntó.

Los ojos del Cirujano dejaron de vagar confundidos y se centraron en Gilberto. «Está aterrado».

—Una broma. Fue una broma —sollozó—. Habíamos bebido mucho y alguien propuso poner fecha de caducidad, como se hizo con el agua. —El Cirujano cerró los párpados lentamente, tan sencillo movimiento parecía ser una tortura—. Fue una broma... solo una broma.

El miedo se apoderó de Gilberto. Contempló una vez más la barra de carga, tratando de averiguar su significado.

—¿Qué ha hecho, *senhor*?

—Ya no importa —gimió con una voz apenas audible. Su mano señalaba la placa de datos—. Estamos a salvo. Ella lo borrará todo.

—¿Ella? ¿Quién?

El Cirujano no respondió. Cerró los ojos otra vez y ya no los volvió a abrir.

2

Progreso: 5,1%.

En aquellos primeros instantes el mundo seguía su curso. Gilberto veía los zepelines publicitarios sobre la ciudad; a los desempleados caminar por la orilla del río, observando con envidia los tubotrenes repletos de trabajadores; y el sol proyectaba las sombras alargadas de quienes rodeaban el cadáver del Cirujano.

Ahora eran muchos los que lloraban. Otros tecleaban en sus comunicadores tratando de vender titulares a las corporaciones de prensa. Gilberto podía imaginarlos. *El Cirujano atropellado en el Puente Europa. El Cirujano asesinado por un sacerdote. Zaragoza, cuna y tumba del Cirujano.* Todo con la esperanza de rascar créditos a costa de aquella situación.

Progreso: 5,3%. Creando perfil de acceso.

«¿Qué es este programa?». La placa no le respondía. Por muchos botones que pulsara, el aparato no se inmutaba. Sacando su propia placa de datos trató de establecer una conexión inalámbrica entre las dos pero un cifrado de seguridad se lo impidió. «No puedo quebrarlo con lo que tengo», se lamentó. En ese momento recordó la tarjeta de claves del Cirujano que tenía en el bolsillo y la sacó. Era un

13

polímero inteligente que reaccionaba a la huella dactilar del usuario, mostrando una contraseña válida durante los siguientes quince segundos.

Gilberto desvió la vista hacia el cadáver.

Una mujer que estaba arrodillada junto a él había cubierto su rostro y parte del pecho con una chaqueta. De no ser por la extraña posición de una de las rodillas el cadáver habría pasado como un vagabundo durmiendo sobre el asfalto. La mano derecha estaba sobre el suelo, con los dedos rígidos.

«Tengo la placa y las claves. Puedo saberlo todo». Gilberto tomó la mano del difunto y acercó su índice a la tarjeta de claves; un código alfanumérico apareció al confirmar la identidad de aquel dedo. El espía se apresuró a introducir la clave en su placa de datos.

La mujer no se percató de lo que Gilberto estaba haciendo hasta que introdujo la última cifra.

—¿Qué estás haciendo?

—Hay un operativo en marcha —dijo Gilberto, apartando las últimas notificaciones por correo. En ese momento solo le interesaba el significado de aquella barra de carga—. Podría estar borrando las pruebas.

—El Cirujano está muerto. ¿A quién le importa ahora que hubiera cometido fraude?

«No es fraude». *Ella lo borrará todo.* Aquellas habían sido sus últimas palabras. «¿Su hija? No lo creo. ¿Una empleada? Puede. Ella... ¿una inteligencia artificial?». Todo el mundo sabía que New Life utilizaba a las IA de forma masiva. La barra de carga debía ser un borrado de todos los datos incriminatorios y era una IA la que lo estaba haciendo. «Tiene que ser eso».

El espía siguió explorando la interfaz de la placa de datos, sin posibilidad alguna de cancelar aquel proceso de eliminación. Tenía acceso a los mensajes del Cirujano, a sus cuentas bancarias y a alguno de sus proyectos de investigación. Cada vez que intentaba abrir un archivo la espera se hacía eterna. «Necesito algo más potente que mi placa», se dijo mirando alrededor. Apenas a cuatro metros de distancia, la puerta del Sander Omega permanecía abierta.

Gilberto se giró hacia el sacerdote, un pequeño pero creciente número de personas se encaraba con él.

—¿Sabes lo que has hecho?

—¡Ibas muy rápido!

—¡Conducías como un loco!

Primero uno, y luego casi todos los presentes, cerraron el círculo, esta vez en torno al sacerdote, quien alzaba las manos en gesto de disculpa, balbuceando que la víctima se había cruzado delante de su coche. Pero sus excusas no le sirvieron de nada, los gritos eran de tal intensidad que incluso podían silenciar al poderoso viento. Sin nadie que moviera un pie en defensa del sacerdote, los insultos se convirtieron rápidamente en agresiones.

Alguien empujó al sacerdote y este cayó sobre Gilberto. La placa de datos se escurrió entre sus dedos; el chirrido contra el duro suelo le heló la sangre. Gilberto la recogió con presteza y suspiró aliviado al comprobar que la pantalla solo presentaba unos arañazos sobre la enigmática barra de carga.

Progreso: 5,7%. Eludiendo vigilancia pasiva.

«¿Qué eres?».

—¡Asesino!

Gilberto giró la cabeza para ver a varias personas abalanzarse sobre el religioso. Las extremidades se balanceaban furiosas arriba y abajo, adelante y hacia atrás; el hombre suplicaba ayuda. «Mierda», pensó Gilberto mientras desplegaba su electrovara.

—¡Dejen a ese hombre en paz! —bramó acercándose al sacerdote—. ¡Atrás! ¡Atrás!

El extremo electrificado hizo que la gente se apartara, acabando con el linchamiento, no sin que antes hubiera gritos hacia Gilberto y el abuso policial. Con un barrido, obligó a los presentes a alejarse. No tenía tiempo para tratarles con delicadeza o razonar con ellos. El religioso se retorcía en el suelo y su sangre pronto se mezcló con la del Cirujano. En algún lugar distante, sonaba una sirena.

—Deme las llaves del vehículo. Necesito... reconstruir el accidente. Deme las llaves. ¡Las llaves! —gritó mientras lo apuntaba con la electrovara—. ¡Ahora!

Prácticamente se las arrancó de sus manos temblorosas antes de encaminarse al coche.

Jamás había entendido por qué los vehículos manuales disponían de computadoras tan potentes. Gilberto comprendía que quienes dejaban que una IA condujera su coche emplearan su tiempo en seguir trabajando o en distraerse en la Red, pero un Sander Omega de treinta y cinco mil créditos lo compraba esa clase de conductor que todavía quería sentirse útil al volante. Si la práctica totalidad de los accidentes de tráfico eran provocados por vehículos manuales Gilberto no le veía sentido añadir distracciones adicionales que incrementaran los riesgos.

Observó el cadáver frente al vehículo; desde ese día los defensores de la conducción manual iban a tenerlo muy difícil. El hombre más trascendente de su tiempo había muerto atropellado. Los cláxones de otros vehículos bramaban pidiendo paso a los servicios médicos mientras el bot de circulación despejaba un carril.

El espía conectó la placa de datos a la computadora y volvió a interactuar con los archivos del Cirujano. Con una mueca de desagrado, pidió ayuda a una IA para agilizar la búsqueda.

—¿Qué es la barra de carga de la interfaz principal?

—Un programa para la infiltración en redes con un alto cifrado de seguridad.

—¿A qué red intenta acceder?

—Desconocido.

«Una red clandestina. O militar. O la de una corporación con muchos secretos». Gilberto observó el logotipo de New Life sobre la placa de datos.

—¿La red de seguridad pertenece a New Life?

—Improbable.

—Elabora la respuesta —ordenó.

—La red a la que se intenta acceder no está registrada dentro de los archivos oficiales de New Life. No obstante, no se puede descartar la posibilidad de que sea la red personal de alguien en plantilla: la interfaz del programa tiene una estructura semejante a la que utiliza New Life.

—¿Con qué propósito? —preguntó alzando la voz a medida que la sirena iba incrementando su volumen. Gilberto miró con desconfianza su identificador pirata. «Si son policías de verdad tendré que irme».

—Se trata de un programa para la infiltración en redes con un alto cifrado de seguridad.

—¡Eso ya lo has dicho! —exclamó Gilberto dando un golpe sobre el volante—. ¿Puedes darme algo más de información?

—La pregunta es imprecisa.

Suspiró. «Piensa, piensa...».

—Muestra las comunicaciones.

La placa de datos volcó la información sobre la computadora. El Cirujano siempre había sido un hombre muy social y la larga lista de mensajes entrantes y salientes lo corroboraba. Gilberto se centró en los más recientes. La última comunicación era un mensaje no enviado y la hora resultaba llamativa.

Activó el mensaje, la voz correspondía al Cirujano.

Señor alcalde, es importante que me escuche. Debe evacuar a cuantas personas viven en su municipio antes de dos o tres horas. Mi nombre es... ¡no!

Las palabras se interrumpieron con un golpe. «El Sander Omega».

—¿A quién iba dirigido el mensaje?

—ARTURO MARTÍN LACRUZ, ALCALDE DE EJULVE.

—¿Es empleado de New Life?

—No.

Más información que le faltaba. El tiempo corría y él necesitaba un plan de acción. «¿Por qué querría el Cirujano evacuar a esa gente?». Gilberto consultó su reloj. Eran las 20.04. «Y antes de las once. ¿Por qué?».

—¿Tiene New Life alguna instalación en Ejulve?

—Sí.

«¿Quién programó a esta IA para que fuera tan escueta?».

—¿Qué clase de instalación y dónde está Ejulve? Y elabora la respuesta.

—NO SE TIENEN DATOS SOBRE EL PROPÓSITO O FUNCIONA- MIENTO DE DICHA INSTALACIÓN. EJULVE ES UNA POBLACIÓN DE LA DIVISIÓN TERRITORIAL DE TERUEL, ESPAÑA. CON UNA POBLACIÓN APROXIMADA DE TRECE MIL DOSCIENTOS...

—¿Cómo puede no haber datos sobre ese lugar?

—ES UN PROYECTO CERO DIGITAL.

—Elabora la respuesta.

—EL ALMACÉN ESTÁ CLASIFICADO COMO UN PROYECTO CERO DIGITAL, POR LO QUE TODA LA INFORMACIÓN DISPONIBLE SOBRE EL

MISMO SE HALLA EN SOPORTE FÍSICO CON EL PROPÓSITO DE EVITAR EL ACCESO INFORMÁTICO POR CORPORACIONES RIVALES.

«O la policía», pensó Gilberto al recordar la errónea sospecha del Cirujano que había precipitado su huida.

Progreso: 8,2%.

—¿Puede el programa de infiltración de esta placa de datos afectar a un proyecto Cero Digital?

—Imposible.

Gilberto apartó los ojos de la pantalla y apoyó la cabeza, pensando en qué hacer a continuación. La superficie del asiento era de cuero natural y su tacto era reconfortante. O lo habría sido si el espía no estuviera forzando su cerebro para averiguar qué estaba pasando allí. Ya no veía la barra de carga como un proceso que avanzaba, sino como una cuenta atrás.

El ruido de las sirenas se hizo ensordecedor y un instante después se desvaneció. Tres personas, más un medibot, salieron de un vehículo médico y se acercaron rápidamente hacia el cadáver. A Gilberto no se le escapó la ironía de que a menos de quinientos metros de la sede mundial de New Life los primeros en prestar atención médica al Cirujano hubieran sido empleados públicos.

Los médicos apartaron a la gente a empujones. Algunos transeúntes todavía parecían albergar la esperanza de que pudieran salvarlo, especialmente el sacerdote, a quien Gilberto podía ver sentado en el suelo, entre las piernas de quienes minutos antes habían estado pateándole. Ninguno de los médicos parecía haber reparado en él y sus heridas. Todos los ojos estaban puestos en el cadáver.

El espía vio cómo apartaban la chaqueta que cubría el rostro del Cirujano y le tomaban el pulso. Rápidamente le abrieron la camisa, revelando unas marcas de golpes

19

provocadas por el impacto contra el parachoques y le colocaron unos sensores.

«Es inútil, está muerto. Y tampoco podéis reengancharle. Una vez mueres, mueres». El Cirujano no podría beneficiarse de su propio descubrimiento. Una nueva sombra se dibujó sobre el asfalto y Gilberto alzó la cabeza hasta el dron de prensa. Fue el primero de las decenas de ellos que acudieron como carroñeros, luchando por mantenerse estables pese al intenso viento y conseguir los mejores planos del cadáver.

Con sus focos, iluminaban a los médicos tratando inútilmente de reanimar al difunto. «Si fuera otro no se tomarían tantas molestias. Saben que ha muerto». Pero las cámaras estaban grabando, y la deformidad del cráneo roto no impedía saber quién era. Gilberto se preguntó cuánto estaría dispuesto a pagar alguien por reengancharse en el cuerpo del Cirujano.

Un destello sobre el capó hizo que Gilberto se percatara de la escasa luz de la tarde, anochecía con rapidez y eso significaba que el tiempo se agotaba. La placa de datos seguía su inexorable avance hacia cual fuera su objetivo. Descartó la idea de hacerla añicos porque sabía que eso no detendría el proceso y le privaría de la única buena baza con la que contaba por el momento. Trató de desgranar la información de la que disponía en busca de algo con lo que trabajar.

—Ejulve. ¿Qué otras instalaciones tiene New Life en ese lugar?

—No hay otras propiedades en la zona.

El espía maldijo por lo bajo. La maldita IA no podía ayudarle si no hacía la pregunta correcta. Él necesita algún lugar con... ¿solo un almacén? ¿Lo único que había en Ejulve era eso? ¿Un almacén en medio de ningún lugar y nada más?

—¿Que hay de las residencias de los trabajadores en Ejulve? Elabora la respuesta.

—No existen en la zona. El almacén está totalmente automatizado y no hay ningún trabajador humano asignado.

—Nadie que pueda revelar secretos —murmuró Gilberto—. ¿No hay ningún trabajador? ¿Nadie que supervise el mantenimiento de las instalaciones?

—No existe ningún trabajador humano en el almacén. El mantenimiento tanto de los bots como de las instalaciones es realizado enteramente por robots.

—¿Son todos robots? ¿No hay ningún dron?

Gilberto tenía la esperanza de que algún piloto de drones pudiera ofrecer algún testimonio.

—El almacén está plenamente automatizado. No hay trabajadores humanos asignados al pilotaje de drones.

«¡Putas inteligencias artificiales y las corporaciones que las usan! ¡Tiene que haber alguien con quien pueda hablar!».

—¿Quién conduce los camiones que acceden al almacén? —preguntó desesperado.

—Los vehículos son tanto de conducción humana como automatizada.

—¡Dame una lista de todos los conductores humanos que han estado en ese almacén desde su construcción!

La pantalla empezó a mostrar una larga lista en columnas triples y los nombres se iban sumando poco a poco, pero sin detenerse. Pronto se dio cuenta de que necesitaría ayuda para investigar todos aquellos nombres. Contaba con demasiadas pistas y el tiempo expiraba.

Progreso: 9,7%. Generando contraseña.

Se escucharon nuevas sirenas, diferentes a las anteriores. «Policía», dedujo Gilberto. No podía seguir ahí cuando llegaran. Los azules interrogarían a todos los testigos y el espía no confiaba en que su identificador pirata pasara los escáneres de la policía. «Además, alguien acabará diciendo que me han visto persiguiendo al Cirujano antes de que lo atropellaran».

El motor seguía encendido y la placa estaba conectada a la computadora, procesando los datos de los conductores. «No hay alternativa», pensó con amargura. Gilberto cerró la puerta del Sander Omega y, aprovechando el carril despejado para los servicios médicos, salió huyendo a toda velocidad con el coche que había matado al Cirujano.

3

Gilberto no conducía, golpeaba con furia los pedales de aceleración y freno. Sus vecinos siempre habían dicho que en Zaragoza no había atascos porque había escasez de coches privados. El transporte público y los Vehículos de Alquiler por Trayecto eran abundantes y descongestionaban el tráfico. No obstante, a Gilberto le daba la impresión de que todos los coches que habían vomitado las fábricas de Sander estaban frente al abollado modelo Omega que él conducía. A punto estuvo de chocar con uno mientras pirateaba el sistema de geolocalización del coche para evitar que pudieran rastrear el vehículo.

Progreso: 12,3%. Penetrando cortafuegos.

La velocidad a la que circulaba no ayudaba a pasar desapercibido, pero debía alejarse del Puente Europa cuanto antes. Una cruz de madera se balanceaba erráticamente bajo el retrovisor y Jesucristo lo miraba con gesto censor. «Yo no quería que muriera. Ha sido él quien se ha cruzado con este coche».

—Conexión establecida con Andrea Cisneros.

—¡Maldito portugués! ¿Qué demonios ha pasado? —La voz de la corporativa sonaba entrecortada debido a la mala conexión—. Dicen que el Cirujano ha muerto.

—Lo han atropellado —reconoció Gilberto mientras daba un volantazo a la izquierda—. Estaba corriendo entre los coches cuando uno lo ha alcanzado. Todavía no me explico qué ha pasado, estábamos en su despacho y antes de que me diera cuenta...

—¿Estabas en su despacho? —le interrumpió Cisneros—. ¿Cómo has podido arriesgarte así?

—¡Se suponía que el Cirujano acudía a un acto en las Cortes! Era el momento perfecto para indagar, pero ha regresado y me ha sorprendido en su computadora.

—¿Y por qué ha salido corriendo en lugar de ordenar que te lanzaran por una ventana?

—¡Eso es lo que no entiendo! —exclamó el espía—. Primero se ha quedado sorprendido, preguntándome qué hacía allí, furioso, porque nadie entra en su despacho. Pero luego ha mirado la pantalla y se ha quedado blanco. Entonces ha salido corriendo.

«Solo los culpables huyen».

—¿Qué estabas buscando?

—Proyecto NM, todavía no sé lo que es. —Gilberto intuía que era la clave para entender todo aquel sinsentido—. Cisneros, necesito su ayuda para encontrar a unos empleados de New Life.

—¡Ni se te ocurra aparecer por Retorno! —exclamó ella—. En la Red hay muchos vídeos sobre lo sucedido, la mayoría tienen una pésima calidad pero en uno de ellos te he visto a ti junto al Cirujano. A ti.

Aquello golpeó a Gilberto. Lo habían visto, no solo los drones sino también quienes habían estado presentes, grabando con sus placas. Y él que creía haber salido del paso con su falsa identidad. Grabado junto al muerto más famoso del mundo. Los días de Gilberto como espía corporativo acababan de tocar a su fin.

Las manos le temblaban y redujo la velocidad para evitar un accidente. Después de todo, ni siquiera sabía adónde se dirigía. «No te pares y no te encontrarán». Tenía la certidumbre de que la policía estaría buscando aquel Sander Omega, también los matones de New Life.

—Me ha dicho algo inquietante —dijo Gilberto.

—¿De qué se trata? —Una vez más, su voz sonaba distorsionada.

—¿Por qué la oigo con retraso, *senhora*?

—Estoy en Luna. —Gilberto odiaba las conversaciones a segundos luz de distancia aún más que a las inteligencias artificiales—. Quería ver la semifinal de balonmano y... ¡qué importa! Has volado tu tapadera y no te pagaremos un crédito más a menos que nos proporciones la información que te pedimos. ¿La tienes? ¿Sabes cómo New Life consigue los cuerpos para las operaciones de reenganche?

Progreso: 27,2%. Estado: oculto.

—¿Qué ha sucedido? —exclamó Gilberto—. ¿No marcaba el doce por ciento hace un momento?

—El programa de infiltración ha superado un corta-fuegos. La interfaz ha mostrado el doce por ciento de carga hace un minuto y ocho segundos.

—¿Y cuántos cortafuegos hay?

—Desconocido.

—¿Gilberto, eso que oigo es una IA? —preguntó Cisneros entusiasmada—. ¿Has logrado piratear los archivos del Cirujano?

—Es posible —aventuró a decir, intentando motivar a Cisneros para que ayudara—. Todavía no estoy seguro de qué es lo que está pasando pero necesito que Retorno ponga de su parte.

—Como ya he dicho, no pagaremos un crédito más hasta...

—¡Ya no se trata sobre el dinero!

—... que nos ofrezcas... —continuó diciendo la corporativa a un segundo luz de distancia.

—Creo que hay algo más detrás —añadió Gilberto cuando Cisneros dejó finalmente de hablar—. Más importante que los cuerpos para el reeenganche. Necesito saber todo lo que pueda proporcionarme sobre un almacén de New Life que hay en Ejulve. El lugar está totalmente automatizado y no hay ni un solo trabajador humano. —Se vio obligado a frenar en seco cuando se encontró con un semáforo cerrado—. Es el lugar donde yo guardaría un secreto...

A un segundo luz, Cisneros tecleaba con rapidez.

—Un almacén de piezas de maquinaria —dijo.

—Es más de lo que parece, *senhora*.

El semáforo se puso en verde y Gilberto continuó circulando por las calles más amplias que pudo encontrar, con suficiente espacio para salir huyendo en cualquier dirección, atento a posibles coches de policía. El golpe que llevaba en la parte delantera no pasaba desapercibido a una mirada cercana, había visto a varios peatones señalarlo a su paso. Ya no necesitaba el ordenador del Sander Omega, era el momento de librarse de aquel coche.

—Tienes razón —dijo Cisneros—. Todo el lugar parece automatizado, pero no puedo acceder a él.

A Gilberto no le sorprendió que Retorno tuviera información sobre las instalaciones de su principal competidora.

—¿Sabéis qué hay dentro?

—No —dijo Cisneros—. ¿Qué crees tú que hay?

—El secreto que estáis buscando.

El cebo había sido lanzado, Gilberto esperaba que fuera lo bastante atractivo para que Cisneros lo mordiera.

La demora fue significativa. Podía imaginársela en alguna cámara subterránea de Luna, a salvo de la radiación solar y las temperaturas extremas, valorando lo que el espía acababa de decirle. O tal vez estuviera manteniendo una conversación con sus jefes, también con el retraso provocado por la distancia entre Luna y Tierra, sobre cómo proceder.

La barra de carga, que Cisneros no podía ver, pesaba cada vez más y más sobre Gilberto.

—¿Qué necesitas? —quiso saber la corporativa.

—Las únicas personas que han estado en ese almacén son algunos transportistas de vehículos pesados. Si le mando una lista de sus nombres, ¿puede localizar a los que tenga más cerca? Quizá alguno de ellos pueda decirnos algo antes de que el tiempo se agote.

—Sí, eso no debería ser ningún problema para nuestras... ¿a qué te refieres con antes de que el tiempo se agote?

Gilberto se fijó en la placa de datos y tragó saliva.

—Creo que el Cirujano ha iniciado un proceso de eliminación de datos. Si no nos damos prisa, todo desaparecerá.

Ella lo borrará todo.

Cisneros tuvo un arrebato de furia que Gilberto no trató de mitigar. La corporativa se refirió al Cirujano con un variopinto abanico de insultos que parecían centrados en demostrar que mantener los secretos de la obtención de cuerpos para el reenganche era una actitud egoísta. «¿Y qué me dices de robar el secreto para sacar tajada de la venta de cuerpos jóvenes?». Gilberto gruñó, aún no había podido demostrar que Retorno había tenido a numerosos cazacuerpos en nómina durante los años posteriores al descubrimiento de la inmortalidad, pero estaba convencido de ello. «Puede que el secreto del Cirujano sea lo prioritario, pero algún día vosotros pagaréis por lo que habéis hecho».

Él no olvidaba aquellos años de paranoia y miedo a cuantos se te acercaban por la calle. Las armas de defensa personal mantenían alejados incluso a los amigos. Nadie se fiaba.

Cuando a Gilberto le ofrecieron la posibilidad de formar parte del espionaje industrial más codiciado de la galaxia aceptó sin dudar.

No solo por el dinero, que era un confortable colchón sobre el que construir su propia vida, sino porque le permitía conocer el secreto de los cuerpos que New Life parecía sacar de la nada.

Y si conocías el secreto, podías venderlo, como Cisneros esperaba que él hiciera.

O podías revelarlo, como Gilberto realmente pretendía hacer.

La corporativa siguió despotricando unos momentos más antes de acceder.

—Dame esos nombres —dijo al fin. Con un gesto de la mano, el espía hizo que la computadora del Sander Omega enviara la información a Cisneros. Apenas dos segundos después, se confirmó la recepción—. Son muchos nombres. Pondré a mi gente a trabajar en ello —dijo la voz fragmentada.

—También necesitaré un coche —pidió Gilberto tras ver cómo otra pareja de peatones señalaba el golpe en el parachoques—. El que tengo ahora ha sido comprometido.

—Te conseguiré un VAT cerca de donde estés —aseguró la corporativa—. Y tómate una tila o algo, Gilberto. Tu nerviosismo es contagioso.

—Conexión finalizada con Andrea Cisneros.

4

Las calles de aquella zona se veían vacías y solo las farolas recién encendidas ocupaban las aceras. El motor del
Sander Omega dejó de ronronear y Gilberto apagó las
luces. Guardó en su chaqueta la placa de datos y la tarjeta
de claves antes de salir del vehículo.

*Progreso: 31,4%. Desencriptando protocolos de
acceso.*

El viento lo recibió con violencia y la chaqueta ale-
teaba con frenetismo. Tras dar la espalda al aire y agachar
la cabeza para ofrecer una menor resistencia, extrajo su
estuche de herramientas y lo desplegó con cuidado. Su
elección fue un pequeño frasco que contenía pirocita y cuya
tapa desenroscó con extrema precaución. «Debería llevar
guantes», pensó demasiado tarde, pero ahora el líquido
grisáceo ya había entrado en contacto con el oxígeno y no
tardaría en reaccionar. Con movimientos suaves, hizo que
la pirocita se vertiera sobre el asiento, el volante, la computadora, el cambio de marchas y la puerta del conductor del
Sander Omega. Todo lo que Gilberto pudiera haber tocado.
En un primer momento no pasó nada, solo el sonido del
líquido al golpear el cuero y el plástico. Gilberto retrocedió
mientras arrojaba el frasco al interior del vehículo.

El olor a pepinillos rancios llegó antes que la reacción química. Le habían asegurado que aquello podía hacer desaparecer un cadáver en menos de un minuto pero Gilberto no había tenido ocasión de comprobarlo. Esperaba no tener que hacerlo.

Todo lo que había sido impregnado con el líquido estalló en llamas y la carrocería del Sander Omega empezó a derretirse como una bola de helado en una sartén. En unos segundos, la parte frontal del Sander Omega quedó irreconocible. El espía retrocedió un paso, luego dos y, finalmente, se alejó de allí con celeridad.

Comprobó en su comunicador que Cisneros seguía sin responder. Zigzagueando por las calles vio una cafetería en un parque. «Tranquila y sin uniformes azules cerca». Se acercó a ella a paso ligero y, pese al embriagador olor a café, pidió una botella de agua fresca. El camarero lo ignoró y Gilberto siguió la dirección de su mirada.

El rostro del Cirujano estaba en todas y cada una de las pantallas del establecimiento. Anunciaban oficialmente su muerte. El retrato que casi todas las cadenas habían elegido era la de su famosa media sonrisa, el día que anunció que había descubierto el reenganche y la posibilidad de alcanzar la inmortalidad. *Bienvenidos al futuro, todos podéis acompañarnos*, había dicho aquel día. La frase se repetía bajo cada retrato.

—El Cirujano ha muerto —dijo el camarero con voz doliente.

Era más joven que Gilberto pero llevaba barba abundante y el pelo desaliñado; su ropa parecía del siglo pasado para contribuir al aire envejecido. «El miedo a los cazacuerpos persiste».

Gilberto se pasó la mano nervioso por la barbilla afeitada y consultó su comunicador. Sin noticias de Cisneros.

Se volvió hacia los clientes de la terraza, todos hablaban del Cirujano.

—Se lo han cargado esas IA hijas de puta —aseguraba un hombre—, te lo digo yo. La IA del coche lo ha arrollado a propósito. Llevan años queriendo matarnos a todos y han empezado con él.

—¡No seas absurdo! —le recriminaba otro—. Ha sido un sacerdote, ¿no lo has visto? Era un fanático en contra del reenganche que quería matarlo. El pobre hombre estaba huyendo del cura y ¡bum! —El golpe sobre la mesa hizo que las tazas saltaran—. Espero que los azules le partan las costillas en comisaría.

Finalmente, el camarero se percató de la presencia de Gilberto y le sirvió el agua fresca que tanto necesitaba.

—¿Tú sabes algo de lo que ha pasado? —preguntó a Gilberto.

En un primer momento, no comprendió aquella pregunta, después se percató de que todavía llevaba puesto el uniforme de guardia de seguridad en New Life. Comprobó con horror que en las yemas de sus dedos había algo de sangre seca.

—Mi turno no empieza hasta dentro de una hora y media —mintió mientras ocultaba las manos—. Imagino que los *companheros* sabrán algo.

El camarero asintió y volvió a prestar atención a las pantallas. Las noticias ofrecían informaciones dispersas, a menudo contradictorias, y mostraban entrevistas a supuestos testigos que Gilberto no recordaba haber visto allí. Tampoco es que les hubiera prestado mucha atención.

No quiero ser un monstruo. Fue una broma. Es demasiado tarde. «¿Dónde estás, Cisneros?». El espía consultó la placa.

Progreso: 33,1%.

Se produjo un lamento general que hizo que se volviera hacia la pantalla. Alguien había filtrado la secuencia del atropello. El Cirujano estaba corriendo entre los carriles de circulación cuando el Sander Omega lo alcanzó. El hombre había salido disparado como una pelota de golf y caído de cabeza sobre el asfalto.

La grabación se repetía. Gilberto permanecía muy atento a ellas. Creyó verse en un borde de la pantalla, moviéndose con rapidez con la electrovara en la mano. «Necesito quitarme esta ropa», pensó mientras examinaba los alrededores.

Nunca se había considerado un gran ladrón, pero con todos los ojos absortos en la pantalla nadie se fijó en la chaqueta que Gilberto cogió de una percha. Los aseos estaban al otro lado de la terraza, en unos improvisados barracones de madera. Se abrió paso entre la gente con una mezcla de disculpas y empujones.

Al pasar junto a una mesa, vio cómo un robot hostelero era el blanco de los insultos de un cliente.

—¡Los tuyos han matado al Cirujano! Primero nos quitáis el trabajo y luego nos exterminaréis a todos con vuestras bombas.

—Café de Antioquía siente las molestias causadas, señor. ¿Desea algún producto de la carta?

—¡Quiero que me atienda un camarero humano, maldita chatarra!

Las conversaciones en la pantalla habían derivado al *nadie podría haber sobrevivido a algo así.* Luego, los periodistas se centraron en la identidad del conductor del vehículo.

Ramón Sopeña era un sacerdote católico de cuarenta y tres años, párroco en San Valero y con una corta lista de infracciones de tráfico que la prensa aireaba como si fueran los antecedentes de un bioterrorista.

Frente a uno de los aseos había un militar, un soldado a juzgar por su escasez de galones, que aporreaba la puerta.

—Sal de ahí, tenemos que volver a la base.

—Estoy cagando —dijo una voz en el interior del aseo—, ¿no puedes esperar un segundo?

—No, debe ser algo muy gordo si nos han retirado el permiso.

Gilberto entró en el baño adjunto y aseguró el pestillo de la puerta. El interior estaba impregnado de una humedad atrapada.

El agua se tiñó de marrón y rojo cuando Gilberto colocó las manos bajo el grifo y se perdió por el desagüe a medida que el espía abusaba concienzudamente del dispensador de jabón. El olor a limón se hizo cargante. Continuó frotando hasta que su comunicador vibró.

Cisneros le enviaba el código para un Vehículo de Alquiler por Trayecto y una dirección local, a veinte minutos de allí. Arrancó el agua de sus manos con una de las toallas y se puso la chaqueta robada sobre el uniforme. Era lo bastante larga para cubrir hasta medio muslo.

Cuando salió del baño pudo ver cómo los dos militares se metían a toda velocidad en un vehículo privado como si los persiguiera un depredador. El resto de clientes parecían autómatas que bebían café y escuchaban las noticias.

—Fuentes policiales confirman lo que hemos escuchado de los testigos: el vehículo homicida es un Sander Omega de color granate. —Gilberto tragó saliva—. Un coche de esas características está registrado a nombre de Ramón Sopeña y según parece el vehículo se encuentra en paradero desconocido. Mientras ampliamos esta información conectamos con el portavoz del grupo Sander en España.

—Buenos días, Patricia. En primer lugar quiero asegurar a todos los espectadores que el modelo Omega es de conducción manual, por lo que la responsabilidad de lo sucedido recae exclusivamente sobre el conductor del vehículo, el padre Ramón, y...

Un murmullo furioso recorrió la sala.

—¿Ves como el sacerdote quería asesinar al Cirujano? —le dijo un cliente al que se sentaba a su lado.

Con un gesto de la mano, Gilberto envió los dos créditos que el camarero le pedía por su consumición antes de salir de la cafetería.

El comunicador vibró de nuevo.

—Conexión establecida con Andrea Cisneros.

—¿Habéis descubierto algo? —preguntó Gilberto.

—Tenías razón respecto al lugar. Las medidas de seguridad son exhaustivas. —Cisneros hablaba despacio para evitar que la distancia afectara a sus palabras—. Ninguno de los transportistas que estuvieron allí puso un pie más allá de la puerta principal, unos robots logísticos se ocuparon de todo el proceso.

—¿Y a qué dirección me has mandado? —inquirió mientras buscaba con la mirada el VAT que Cisneros le había conseguido. Estaba entre un dispensador de tabaco y un contenedor de escombros.

—Lo cierto es que ninguno de aquellos transportistas pudo haber estado el suficiente tiempo dentro de las instalaciones. Pero he encontrado a una Rocío Esquivel, ya jubilada, que estuvo trabajando allí durante la construcción. Te he enviado su dirección.

Gilberto introdujo la clave de acceso al VAT.

—Bienvenido a un Vehículo de Alquiler por Trayecto, Gilberto Penna. Por favor, seleccione su modo de conducción.

—¿Lo has registrado a mi nombre? —Cisneros no respondió—. Conducción manual —gruñó mientras encendía el motor y metía la primera marcha.

Casi rozó el contenedor frente a él cuando salió de la plaza.

—Veo que ya estás en el VAT —dijo Cisneros—. ¿Cuánto tardarás en llegar?

—Estaré allí lo antes posible —aseguró el espía mientras volvía a infringir las normas de circulación. Un taxista le lanzó una mirada de puro odio.

—Reduzca la velocidad o su vehículo será inmovilizado —dijo la IA del coche.

Gilberto dio un golpe furioso sobre el volante pero levantó el pie del acelerador.

—Cuando llegues es probable que una agente nuestra ya haya llegado —dijo Cisneros—. Si no es así, espérala antes de actuar.

—¿Qué quieres decir con una agente? ¿Por eso has tardado tanto en responderme?

—Conexión finalizada con Andrea Cisneros.

Gilberto miró el limitador de velocidad del VAT y lo entendió. Cisneros pretendía que él no fuera el primero en hablar con Rocío Esquivel.

Progreso: 40,7%.

5

La noche se había impuesto finalmente y el coche aparcado en doble fila le dio un mal presentimiento a Gilberto. Dificultaba la circulación en aquella calle y no había ni rastro del conductor. «¿Llego tarde?».

Progreso: 44,7%. Detectado por el sistema. Estado: encubierto.

Redujo paulatinamente la velocidad hasta situarse junto al otro vehículo —un Sander modelo Theta como el que usaban los estudiantes escasos de dinero— y miró hacia el edificio.

La casa de Rocío Esquivel se alzaba en una parcela cercada y emanaba una bizarra sensación de robustez. A diferencia de otras casas de la misma calle estaba desprovista de vegetación, cuyos huecos habían sido usurpados por bloques de piedra. Las diminutas ventanas se hallaban equidistantes a la puerta y el porche tenía cierto aire de tronera de castillo.

Gilberto extrajo la electrovara de su chaqueta y comprobó que la batería estaba casi completa. El arma se sentía resbaladiza en su palma. «¿Dónde habré dejado los guantes?», pensó mientras se acercaba a la vivienda procurando evitar los tramos iluminados por las farolas.

—Fin de trayecto —le dijo al coche mientras salía—. Busca un aparcamiento.

El VAT le agradeció la confianza en el servicio y se marchó en busca de una plaza. El camino que conducía hasta la entrada era un mosaico que a Gilberto le recordaba a las clases infantiles sobre Egipto. La puerta de doble hoja era el único elemento que parecía haber estado vivo en algún momento, hecha de una fina madera oscura y elegante que no se veía en las zonas donde solo se construían edificios colmena para trabajadores.

El aspecto de la cerradura hizo que el espía chasqueara la lengua: no era de las electrónicas. Se quedó mirando embobado su placa de datos, donde el programa de pirateo aguardaba inútilmente a que Gilberto lo activara.

Bufó de impotencia. Nunca se hubiera imaginado que alguien en aquel vecindario acomodado utilizara cerraduras mecánicas. ¿Cómo iba a forzar la puerta ahora? La cerradura de llave parecía mofarse de él.

Extrajo su identificador, donde todavía figuraba su identidad como agente del Ministerio de Hacienda. Decidió que llamaría a la puerta. Aquello se salía del plan, pero necesitaba improvisar. Bastó rozar la puerta para que se abriera ligeramente. Ella sola.

Gilberto echó mano de la electrovara al tiempo que se pegaba a la pared. Alerta. Alzó la mano, dispuesto a descargar un golpe contra quien saliera, pero nadie lo hizo. Esperó unos segundos a que algo sucediera, sin dejar de alternar miradas entre la puerta y el vehículo en doble fila, con renovada desconfianza. Finalmente, pegó la oreja a la puerta.

No se oía nada.

Con la punta de la electrovara al frente, entró en la casa con la certeza de no ser el primero que se colaba allí esa noche.

Un sencillo tocador de granito esperaba tras la puerta, rompiendo la simetría del pasillo; unos pocos metros más allá, había dos puertas. La primera era la única que estaba abierta y avanzó lentamente hacia allí. Gilberto contenía la respiración y el suelo alfombrado amortiguó sus pasos, pero apenas se asomó a la puerta se encontró con el cañón de una pistola.

Una mujer de unos cuarenta años, con *hiyab* y gafas, lo apuntaba arrodillada tras un mullido sillón. El resto del salón permanecía en penumbra pero la tímida luz de una lámpara de la calle hacía centellear el cañón del arma. Gilberto alzó la electrovara mientras echaba un pie atrás, listo para golpear. Únicamente seis pasos lo separaban de su adversaria pero el sonido del arma al amartillarse le indicó que no llegaría vivo a la mitad del trayecto.

Se quedó mirando a la mujer, haciéndose a la idea de que lo más sensato sería buscar cobertura en el pasillo que acababa de recorrer. Esperaba poder hacerlo antes de que ningún trozo de metal lo atravesara.

—A mi jefa le gusta el balonmano —dijo lentamente la desconocida—. ¿Cómo se llama?

—Andrea Cisneros.

La desconocida se quedó mirándolo. Con un gesto de la mano, le indicó a Gilberto que bajara su electrovara. Reticente, él se quedó mirándola y ella insistió. El hombre finalmente cedió, no sin ladear ligeramente el cuerpo ante la perspectiva de recibir un tiro. Cuando la desconocida bajó el arma, Gilberto se acordó de respirar.

—Abre la chaqueta —ordenó la mujer. El espía obedeció—. ¿Un uniforme de New Life?

—Mi tapadera.

—Entiendo... ¿No llevas una pistola? ¿Un agonizador? ¿Nada? —Gilberto negó—. Ruidoso al entrar y mal equipado... No te preocupes, pareces de los que aprenden rápido.

La agente sonrió con suficiencia. Después, se puso en pie, revelando el cuerpo inmóvil de una chica envuelta en un batín propio de los ancianos. Alrededor de la pelvis se veía un pañal adulto.

—Imagino que esa de ahí es Rocío Esquivel —dijo Gilberto—. En un cuerpo nuevo.

—Ajá. La jubilación le ha sentado muy bien, ¿no es cierto? —dijo la desconocida mientras se guardaba el arma en la cartuchera—. La inyección que le he dado, no tanto. Échame una mano.

—¿La has matado? —se estremeció Gilberto.

La mujer negó con la cabeza mientras apartaba un sillón. Antes de que él llegara, la agente también había retirado la pantalla, una mesita con medicamentos y una lámpara de pie. Todo lo que impedía mover la alfombra.

—Los muertos no revelan información —dijo la agente—. Solo la he dejado seca porque ha sonado la alarma y tenemos que largarnos de aquí.

Gilberto se volvió preocupado hacia la entrada.

—¿Cómo has hecho saltar la alarma?

La mujer hizo gestos impacientes a Gilberto para que ayudara a rodar el cuerpo inconsciente de la joven hasta el centro de la habitación.

—Soy muy buena en estos asuntos —argumentó mientras recolocaba los brazos de la chica para que abarcaran menor espacio—, pero la información que me ha dado Cisneros no decía nada de un chucho.

La desconocida señaló un animal oculto tras la mesita, con dos agujeros en el lomo, los proyectiles lo habían atravesado y dejado dos descorchones en la pared. Gilberto suspiró y desvió la vista del cadáver, examinando la habitación. Los casquillos del arma no se veían por ningún lado.

—Al parecer —siguió diciendo la agente mientras sacaba una navaja y cortaba una amplia porción de la alfombra del suelo—, si el perro ladra mucho rato y no se introduce cierto código el sistema asume que hay intrusos en la casa. Los cabrones de las corporaciones de seguridad son muy imaginativos.

—¿Cuánto crees que tardarán en aparecer?

La afilada hoja sesgó con facilidad la alfombra alrededor de la chica.

—Si la alarma avisa a los polis públicos, tenemos tiempo de sobra hasta que lleguen. Los privados suelen ser más rápidos. —Gilberto recordó a los paramédicos tratando de reanimar al Cirujano—. Espero que vengan los azules: no disparan a la mínima oportunidad.

Una vez el corte estuvo terminado la agente guardó la navaja y examinó las dimensiones del fragmento.

—¿Cuál es tu plan? —preguntó el espía.

—Estoy aquí para lo mismo que tú: asegurarme de que Retorno consigue el secreto de la fabricación de cuerpos. La idea era preguntarle a esta jubilada de veinte años por un edificio misterioso y confiar que hable sin tener que forzarla. Es obvio que ya no podemos hacer eso aquí —añadió señalando el perro muerto— así que el plan maestro es enrollarla dentro de la alfombra, sacarla de la casa sin que los vecinos nos vean y una vez la metamos en el maletero elegir algún sitio discreto donde hacer preguntas.

—¿Tienes algún lugar en mente? —preguntó Gilberto.

Progreso: 48,1%. Eludiendo vigilancia activa.

—Se me ocurren dos o tres no muy lejos de aquí donde los gritos no se oyen —soltó con rapidez—. Pero acepto sugerencias.

—En algún momento tendremos que ir al sur, hacia Ejulve. Allí está el almacén que debemos investigar.

—Lo sé, Cisneros me ha resumido la situación. ¿Tienes algún lugar en mente? —preguntó la desconocida con retintín.

—No —reconoció Gilberto—. Pero Teruel es una zona despoblada y como la mayoría de sus campos están mecanizados no tendremos que preocuparnos de miradas curiosas.

Extrajo su placa de datos y abrió mapas de la zona.

—¿Es esa la placa de datos del Cirujano? —preguntó la agente ajustándose las gafas.

—No, es la mía —dijo ladeando el cuerpo para ocultar el bulto en su bolsillo—. Estoy examinando las zonas aisladas de camino a Ejulve. ¿Qué te ha dicho Cisneros sobre la placa del Cirujano?

—Poco. Solo que he de ayudarte a completar tu misión antes de que el tiempo se agote. ¿Cuál es la fecha límite?

Gilberto pensó en la barra de carga.

—Esta misma noche. Probablemente en unas pocas horas —aventuró.

—Será mejor no perder tiempo —urgió la mujer chasqueando los dedos—. Agarra la alfombra.

Tomando cada uno un extremo, enrollaron a la joven inconsciente hasta que se perdió de vista, convertida en un bulto cilíndrico. La agente se puso en pie, dando un último vistazo a la habitación para asegurarse de que no se dejaba nada. Gilberto se percató de que la alfombra estaba muy ceñida.

—¿Se ahogará?

—Buena pregunta —concedió la mujer, pasándose una uña sobre los labios—. Nunca antes he hecho esto con un cuerpo vivo. —«Ha dicho cuerpo. No persona, no mujer ni chica. Cuerpo», se alarmó Gilberto. Podía no ser nada pero también podía implicar que aquella agente era, o había sido, cazacuerpos—. Esperemos que no se nos muera antes de hablar.

La agente le dio un momento la espalda pero Gilberto se contuvo de golpearla con la electrovara. Hoy los cazacuerpos no eran su objetivo. La siguió hasta la puerta de la casa, donde ella quiso comprobar de que no hubiera nadie escudriñando la calle.

—Están todos pegados a la pantalla —aseguró Gilberto—. La muerte del Cirujano va a ser de lo único que se hable durante un *anho*.

—Por lo menos —concordó la desconocida—. ¿Has visto el golpe que le ha dado el coche? ¡Ha sido brutal!

La verdad es que Gilberto no recordaba haberlo presenciado. Sí, había visto el cuerpo del Cirujano salir despedido y aterrizar contra el asfalto, incluso el Sander Omega detenerse tras el impacto, pero no el golpe... solo lo había escuchado. Un ruido seco, como el de una botella de plástico al estrujarse. La única imagen que tenía del momento del choque era la que habían filtrado las cámaras de tráfico.

—Despejado —dijo la agente tras examinar la calle.

Juntos abrieron las dos hojas de la puerta y regresaron al salón, donde la alfombra seguía enrollada. El espía se adelantó para ser quien tomara el lado de la cabeza y con ayuda de la agente fueron transportado a la mujer hasta el exterior.

—No me has dicho tu nombre —comentó Gilberto, apretando los dientes mientras avanzaba hacia la calle. El peso combinado de la chica y la alfombra era mayor de lo esperado—. Si vamos a trabajar juntos debería...

—Inaya —interrumpió la agente.

—Yo soy Gilberto.

—Lo sé —dijo ella mientras ojeaba suspicaz unos arbustos que se movían al viento—. Cisneros me ha informado.

«A mí no me ha dicho el tuyo —reflexionó Gilberto, observando de nuevo el *hiyab* de la mujer—. Pero seguro que no es Inaya».

La agente señaló el coche en doble fila.

—Ese es mi coche. ¿Cómo has venido?

—En VAT. Lo he despachado. —La agente lo miraba con malos ojos—. ¿Qué?

—Mi primer marido era taxista y tuvo que hacer muchas rutas rurales para poder competir con esos trastos. Todavía debe estar intentando pagar la casa.

«¿Estamos realmente discutiendo por esto?».

—No podía pedirle a un taxista que me trajera a la casa de quien estamos secuestrando, ¿no crees?

Inaya encogió los hombros.

—Primero la cabeza —indicó tras abrir el maletero. En su interior había una abultada bolsa roja y algo de ropa para cambiarse—. Podemos doblar luego la alfombra a la altura de las piernas si no entra.

«No es la primera vez que Inaya mete un cuerpo aquí —dedujo Gilberto—. Un cuerpo para vender». La vio mover la parte superior de la alfombra para que encajara mejor en el maletero y Gilberto se percató de la presencia de unos guantes.

—¿Puedo? —preguntó a la agente mientras los señalaba.

Inaya asintió con una sonrisa.

—Definitivamente eres de los que aprenden rápido.

«Tú ya lo habías pensado, ¿verdad? Sabías que estaba dejando mis huellas pero no has dicho nada por si necesitabas un chivo expiatorio». Gilberto sintió el peso de su electrovara y después observó la pistola de Inaya. Si llegaba el momento, estaba en inferioridad de condiciones y la agente no parecía de las que se dejaran sorprender por la espalda. «¿En qué negocio me he metido que ya estoy calculando cómo matar a una mujer? Yo solo tenía que vigilar al Cirujano». Extrajo la placa de datos y comprobó con espanto que la barra había dado un salto vertiginoso.

Progreso: 53,2%. Estado: descubierto. Forzando ataque a sistemas no esenciales.

—Deberíamos darnos prisa —dijo Gilberto mientras comprobaba con preocupación el ritmo al que la barra avanzaba.

Inaya cerró el maletero de un golpe seco y se encaminó al asiento del conductor. Gilberto se subió al Sander Theta cuando este ya estaba en marcha y el vehículo salió disparado hacia el final de la calle.

6

Dieciséis minutos y una porción de la barra de carga después, el coche se adentró en el municipio de Belchite e Inaya señaló una zona de campos sumida en la oscuridad. Gilberto asintió. El Sander Theta tomó un camino de tierra bordeado por olivos. La iluminación de Zaragoza era un resplandor lejano que ahogaba parte del cielo nocturno mientras las piedras del camino crujían bajo el peso del vehículo.

Inaya detuvo el motor y se ajustó las gafas mientras comprobaba que nada se moviera en la oscuridad.

—Vamos —dijo Gilberto.

Los dos salieron del coche y se aproximaron al maletero, donde esperaba la alfombra que contenía a Rocío. La agente dedicó unos segundos a examinar de nuevo los alrededores. Las hojas se mecían con un suave viento muy diferente al que el espía había sentido sobre el Puente Europa y se podía escuchar el suave roce de la vegetación mezclada con el de algún insecto nocturno. En la distancia, se podía escuchar el suave ronroneo de los agrobots.

Gilberto examinó la alfombra del maletero.

—Tú las piernas y yo la cabeza —le dijo a Inaya.

Entre los dos sacaron a Rocío del coche y la acarrearon hacia un árbol cercano. Con sumo cuidado, empezaron a desenrollar la alfombra. La anciana de cuerpo joven quedó a la vista, solo parecía dormida.

Gilberto consultó la placa de datos.

Progreso: 61,4%. Creando nuevo perfil de acceso.

—Necesito que Rocío hable —dijo—. Y pronto.

—No le he dado mucho zumo —aseguró Inaya—. ¿Para qué la necesita Cisneros?

—El Cirujano quería que Ejulve fuera evacuado antes de las once —dijo mirando su reloj. 21:36. No había pensado hasta ese momento en si debía avisar a Arturo Martín Lacruz para que sacara a la gente de su pueblo. «¿Cuál es exactamente la amenaza?»—. Tal vez Rocío sepa si hay algún peligro.

El rugido de varias aeronaves inundó el olivar, golpeando intensamente los oídos de Gilberto.

—Parece que tienen prisa —dijo Inaya señalando al cielo. Gilberto alzó la vista pero no vio nada, tan solo escuchaba aquel estruendo—. Son dos interceptores —añadió la mujer.

«¿Cómo ha podido verlos en mitad...?». El espía se percató de que las gafas de Inaya desprendían un leve resplandor azulado. Apenas perceptible. «¿Visión nocturna? ¿Una interfaz de combate?». Examinó a la mujer, la ligereza con la que se movía y los bultos apenas perceptibles en su bolsillos. Todo en ella emanaba un aire de asesina profesional. Se sentía en abrumadora desventaja frente a ella. La vio ajustarse de nuevo el *hiyab* y Gilberto frunció el ceño. Ella puso los ojos en blanco.

—Es la segunda vez que me miras así. ¿Vas a empezar una guerra santa porque lleve el *hiyab*?

—Al menos sabes cómo se llama —dijo Gilberto lentamente.

Esta vez fue Inaya quien frunció el ceño.

—Tipo listo... ¿cuándo te has dado cuenta de que no era musulmana?

—En casa de Rocío Esquivel, lo llevabas mal colocado.

—¿Es eso cierto? —preguntó la mujer, palpando la tela—. ¿Cómo puedes estar seguro?

—Tuve una novia musulmana—explicó Gilberto—. Cuando salíamos de casa pasaba un rato ajustándoselo para que no le molestara, como sí te pasa a ti.

Ella alzó las cejas con escepticismo.

—¿Te tirabas a una de esas?

—Era mi novia —puntualizó él.

—A los hombres de hoy en día os gustan cosas muy raras —dijo Inaya con fastidio. Se pasó una uña sobre el labio, pensativa—. En cualquier caso, te ha servido para descubrir mi tapadera. Bien por ti, Mahoma. El *hiyab* es un buen lugar para esconder cosas. Hay otros trucos, claro: la mujer mutilada, la refugiada climática... Es más sencillo pasar desapercibida si te ven pero prefieren mirar a otro lado.

Otra pareja de aviones cruzó el cielo.

—¿Es normal que los militares vuelen a estas horas?

—No lo sé, tal vez haya estallado una guerra. En este mundo donde todo avanza tan rápido nunca se sabe —dijo Inaya—. Esta mañana el Cirujano tenía una vida plena y antes de la cena una IA lo ha atropellado.

Gilberto se giró hacia ella.

—¿Es eso lo que ahora están diciendo? ¿Nada de un sacerdote u otros responsables?

—¿Tienes algún problema con la religión? —repuso Inaya mientras se ajustaba de nuevo el *hiyab*, ahora algo más atenta a sobre cómo debía lucir.

—Tengo un problema con quienes manipulan —dijo—. Yo estaba allí, Inaya, y te digo que ha sido un accidente. El hecho de que el conductor llevara sotana no debería tenerse en cuenta; pero, por lo que he podido ver, a los noticieros solo les gusta hablar sobre si el hombre era un fanático o si las terribles máquinas han matado al Cirujano. El Sander Omega era de conducción manual y el pobre hombre no tenía ni idea de a quién había arrollado.

—La mierda vende —dijo Inaya encogiéndose de hombros—. Y todo el mundo compra.

Progreso: 64,2%.

Al alzar la vista, Gilberto percibió una figura extraña moviéndose entre los olivos. Tardó un instante en comprender que se trataba de algún tipo de trípode mecánico en cuya parte superior había una carcasa repleta de lo que parecían ojos. El robot alargó una de sus patas hacia Inaya.

El espía desenfundó su electrovara mientras con la zurda apartaba a la agente. El extremo electrificado golpeó al autómata y este se resintió con un pitido electrónico. Aprovechando aquellos valiosos momentos, fue a dar un segundo ataque pero un inesperado estampido le hizo perder el equilibrio. Un agujero apareció en la cabeza del robot y este se desplomó, los doloridos oídos de Gilberto no lo escucharon caer.

La agente se acercó hasta el armatoste metálico y le dio unos golpes con el pie, comprobando que ya no se moviera.

—¿QUÉ ERA ESO? —gritó Gilberto.

Inaya movía los labios, pero no podía escucharla, interpretó por su lenguaje gestual que le pedía que se calmara. Gilberto todavía quedó sordo unos segundos más.

—¿Qué era eso?

—Uno de los centinelas de este campo —respondió Inaya—. Uno barato. Son los que patrullan en busca de ladrones de campo o pirómanos que quieren venganza de la corporación que les despidió. A este no lo he dejado ladrar, ¿eh?

La máquina presentaba un agujero de bala en su núcleo energético. De nuevo, no había casquillos por el suelo y Gilberto le dio un vistazo a la pistola de Inaya.

—Aún me duele el oído del estruendo. ¿Eso es una pistola magnética?

—Tecnología Gauss —dijo la agente—. A máxima potencia rompe la barrera del sonido y lo atraviesa todo.

«¿De dónde has sacado algo así?», se preguntó Gilberto.

—¿Y la munición? Porque no veo casquillos.

Ella sonrió con gesto aprobador.

—Balas de acero, el arma dispara todo el proyectil, así que no hay casquillos. En un mundo ideal dispararía tungsteno —se lamentó Inaya—. El uranio empobrecido tiene mayor penetración pero las balas le pegan fuego al objetivo y eso suele dañar los cuerpos. Además, no venden tungsteno o uranio en la ferretería. Es mejor usar un metal que atraviese el cerebro pero que no cause mayores daños.

Gilberto miró el arma y a su portadora, por si todavía albergaba alguna duda, Inaya acababa de decirle que era cazacuerpos, con un arma que mataba pero no hacía ningún desperfecto en el cuerpo a vender, tan solo los agujeros de entrada y salida, que la cirugía podía fácilmente reconstruir.

Un tercer grupo de aeronaves cruzó el cielo.

—No tienes reparos en disparar —dijo Gilberto.

—Con esas no me la juego —se defendió Inaya señalando el robot inmóvil. Su voz disminuyó a medida que los aviones se alejaban—. Nunca se puede estar seguro para qué las programaron o qué ideas han desarrollado por su cuenta. Soy de las que piensa que las terribles máquinas —dijo entonando las palabras como Gilberto había hecho antes— un día se alzarán y nos matarán a todos. Tienen experiencia en eso. ¿Sabes que los militares las usan para operaciones encubiertas porque así no hay responsabilidad legal? —Gilberto alzó una ceja—. Créeme, sé de lo que hablo, una vez tuve que luchar por mi vida con un topo.

—¿Un topo? —quiso saber Gilberto mientras regresaban junto a Rocío.

La arquitecta empezaba a agitarse e Inaya se aseguró de que estuviera bien apoyada en el tronco del olivo y se volvió hacia el espía.

—Uno de esos robots pequeñitos que avanzan por debajo del suelo hasta llegar a su víctima. Los usan para asesinar altos mandos y políticos. Son unos cabrones.

Gilberto miró con asombro a la mujer que había noqueado y secuestrado a una chica con intención de torturarla.

—Las *disenharon* así —expuso el hombre—, yo diría que es responsabilidad del ingeniero.

Inaya se encogió de hombros.

—Lo que quiero decir es que si las pequeñas pueden cargarse a una persona las que tienen grandes capacidades podrían desencadenar una guerra nuclear.

—Solo si han sido programadas para eso.

—No me gustaría esperar a averiguarlo —dijo Inaya—. En cuanto pueda me largo a Venus, no utilizan inteligencias artificiales en las ciudades flotantes.

Rocío abrió lentamente los ojos y los volvió a cerrar, a Gilberto le recordaron a los del Cirujano cuando luchaba por seguir vivo.

Progreso: 69,6%. Estado: encubierto.

—Hora de sacar mis herramientas —dijo Inaya.

El espía la miró inquisitivo cuando ella extrajo un siniestro estuche del interior de la bolsa roja y lo abrió. Gilberto tragó saliva al ver su contenido.

7

La sudorosa chica ladeaba la cabeza y parecía tener problemas para mantener los ojos abiertos. Gilberto se apiadó al considerar que tal vez fuera mejor así, Inaya exhibía el contenido de su estuche sin poder ocultar su deleite. Una docena de pequeños frascos con líquidos diversos y el doble de agujas hipodérmicas ocupaban la parte izquierda del estuche. Reconoció dos de ellos como neurotoxinas que habitualmente utilizaban los cazadores de cuerpos para matar a sus blancos sin dañar los órganos. «Como si la pistola no fuera suficiente». El lado opuesto contenía hojas afiladas del tamaño de un pulgar y un único cilindro opaco que Gilberto estaba seguro de haber visto moverse por sí mismo.

Sin ninguna delicadeza, Inaya zarandeó a la joven apoyada en el coche.

—¿Rocío Esquivel, antigua arquitecta, ahora jubilada? —preguntó.

La chica no parpadeó durante un tiempo, como si se negara a hacerlo.

—Habéis matado a Purka —fue lo primero que dijo.

Inaya bufó.

—Te compraré otro perro si nos respondes a unas cuantas preguntas.

—¿No sois cazacuerpos?

La agente extrajo una aguja y se la clavó en el cuello a la arquitecta. A juzgar por el efecto, debía ser algún tipo de estimulante. Apenas un instante después, Rocío tenía los ojos muy abiertos y la respiración agitada.

—Chica, lo que nos interesa esta noche está en tu cerebro —dijo Inaya—, no en ese cuerpo tan bonito que has conseguido. Pero si mientes o tardas demasiado en responder te meteré bajo tierra.

Rocío palpaba el suelo.

—No vas a enterrarme aquí.

—Darme órdenes no es buena idea, muchacha.

La arquitecta recogió tierra y la dejó caer al viento.

—Estamos en un terreno agrícola —dijo señalando los olivos—. No podéis enterrar un cadáver aquí sin riesgo a que los recolectores lo encuentren. Y donde no haya cultivos será terreno sedimentario: arenisca, conglomerado, etcétera. Cavar una tumba en esa roca es un trabajo agotador.

Inaya se giró hacia el espía con cara de sorpresa.

—¿Has oído eso? Es la primera vez que me piden que no les mate porque será una faena esconder su cadáver. La vida está llena de sorpresas —dijo la agente con una sonrisa—. Entre el inquisidor y la geóloga van a darme un título universitario.

—Tenemos prisa —se limitó a decir él.

Progreso: 71,3%.

—Ajá —concordó Inaya girándose hacia la arquitecta—. Matarte no entra en nuestros planes, no específicamente. Somos más del tipo *nos gustaría que hablaras sin que hubiera que hacerte daño*. Pero la muerte no es lo peor que puede pasar: esto debería preocuparte más.

Inaya extrajo de su estuche el cilindro opaco y lo agitó ligeramente, algo emitió un débil chillido en su interior. Gilberto rodeó a la agente para verle el rostro.

—Para desgracia de todos, incluida tú, tenemos prisa. Este bicho es muy caro y solo puede usarse una vez, así que preferiría no tener que hacerlo. Esto es un gusano de Kífer. —Gilberto se estremeció—. No es más grande que un pelo pero tiene mucha hambre. Normalmente se coloca en un dedo, mi favorito es el pequeñín del pie, y recorre a gran velocidad el cuerpo, devorando pequeños trocitos de carne a su paso, causando mucho, mucho dolor mientras avanza. Como es tan rápido, extraerlo con cirugía es imposible y amputar donde se encuentre no garantiza nada. Una vez está dentro, morirás. Así de simple. Lo único que importa es cuánto tardarás en suplicarme que te pegue un tiro. Y escucha —añadió, mostrando los diversos frascos del estuche—: tengo muchos estimulantes para prolongar tu sufrimiento. También calmantes, si te portas bien.

—¿Qué queréis saber? —dijo Rocío de inmediato.

Inaya sonrió con satisfacción e hizo un gesto con la cabeza a Gilberto mientras guardaba el cilindro.

—¿Fuiste la jefa de obra en un almacén de New Life construido en Ejulve? —preguntó.

—Una cámara de secretos, sí —dijo la arquitecta. Gilberto e Inaya intercambiaron una mirada—. También colaboré al diseñar la reforma posterior.

—¿Cámara de secretos?

—Así es cómo la gente de mi gremio llama a ese tipo de estructuras —explicó la arquitecta—. Por fuera solo es un edificio opaco sin ventanas, robusto. Sin embargo, usando maquinaria pesada se excava en la roca y se profundiza más y más, escondiendo grandes bóvedas huecas bajo tierra. Después, forramos los muros de hormigón con una chapa de elecbromo para impedir que ningún sensor exterior pueda saber su contenido, o siquiera descubrir que existen niveles subterráneos. Aislado de la red eléctrica y autoalimentado con paneles solares y generadores eólicos, tiene cero oportunidades de sufrir un déficit eléctrico. Su funcionamiento está completamente automatizado por una red interna sin conexión con el exterior para evitar pirateos.

—Una fortaleza —gruñó Inaya.

«Un proyecto Cero Digital dentro de una fortaleza», reflexionó Gilberto examinando la placa del Cirujano.

Progreso: 73,9%. Desencriptando protocolos de lanzamiento.

—¿Habrá robots centinelas? —preguntó Inaya.

—Imagino que sí —expuso Rocío—. En otras instalaciones suelen tenerlos.

—¿Cuál es su Protocolo de Legítima Defensa?

—¿Qué es eso? —preguntó Gilberto.

La agente suspiró.

—Pregunto si los robots de vigilancia, los centinelas, van a dispararnos munición no letal o nos convertirán en abono para agrocúpulas.

La arquitecta reflexionó sobre aquello.

—Depende de lo importante que sea el secreto.

Inaya se giró hacia Gilberto.

—Estamos jodidos.

Él se arrodilló junto a la arquitecta.

—Rocío, has mencionado algo de una reforma posterior.

Ella asintió.

—Por robusto que parezca, el edificio en realidad es bastante frágil. Fácilmente destruible. Es una cámara de secretos, así que no basta con ocultarla, sino también asegurarse de que nada se pueda encontrar. Daños en lugares clave hará que la zona de superficie se derrumbe sobre las zonas inferiores, colapsando toda la estructura. Sin embargo, el presidente de New Life me pidió que hubiera una segunda cámara, más pequeña, que pudiera aguantar la destrucción de las secciones superiores y dispusiera de sistemas de soporte vital. Ya sabéis, reciclado de agua, purificadores de aire, sintetizadores de proteínas... Aquello me pareció el colmo de la paranoia, porque existen mejores lugares para construir un búnker y porque no se lo dijo al Cirujano. Me hizo firmar un acuerdo de confidencialidad sobre ese punto —dijo apoyando la espalda en el coche—. Supongo que no contó con que ese gusano me haría hablar.

Ella lo borrará todo. Eso era lo que le había dicho a Gilberto. «¿Se refería a Rocío? ¿Creía que su edificio borraría lo que tanto le asustaba?». El espía le dio un toque en el hombro a la arquitecta.

—¿Ryszard Wert no se lo dijo al Cirujano?

Inaya chasqueó los dedos.

—A lo que importa. Queremos entrar ahí, esta misma noche, ¿qué necesitamos?

—Podríais preguntar amablemente en lugar de irrumpir en las casas y matar a mi perro. —Inaya dejó caer la mano sobre la pistola—. Una clave de acceso para cruzar la puerta, naturalmente.

La agente se pasó una uña por el labio.

—Un abrelatas. ¿Nada más? No parece tan difícil. Ni peligroso.

«Peligroso», pensó Gilberto. Recordaba el último mensaje que había intentado enviar el Cirujano, donde pedía al alcalde de Ejulve que evacuara su municipio. Consultó la placa de datos.

Progreso: 76,1%.

—¿Existe alguna razón para que la gente que vive cerca del almacén esté en peligro? —preguntó el espía.

—Es solo un almacén. Funciona con energía renovable así que no tiene peligro de explosiones ni fugas tóxicas.

Gilberto extrajo la placa de datos y se la mostró a la arquitecta.

—El Cirujano quería que la población fuera evacuada esta misma noche. Antes de que esta barra se completara. —Rocío fruncía el ceño—. ¿Qué es un borrado zafra?

—Lo que he explicado: provocando daño en ciertos lugares todo el edificio se derrumba y solo quedan escombros. Es probable que esa barra sea algún sistema de autodestrucción.

—¿Por qué no me has enseñado eso antes? —se enojó Inaya. Gilberto le mantuvo la mirada y la agente se volvió hacia Rocío—. ¿Hay algún peligro además de los centinelas? ¿Algo que pueda impedirnos entrar en el lugar? ¡Responde!

—Centinelas y puertas cerradas. Eso es todo.

Gilberto consultó la placa de datos y vio las búsquedas que había realizado en el Sander Omega. Se volvió hacia la arquitecta.

—Una última pregunta, ¿qué es la NM?

—No sé qué es eso. —La agente agitó el cilindro con el gusano dentro—. ¡No lo sé! —exclamó Rocío alzando las manos—. ¡Lo juro! Os lo he dicho todo.

Inaya guardó el recipiente con el gusano en su estuche pero luego puso la mano sobre su pistola y se quedó contemplando a Rocío unos segundos más.

—¿Qué hacemos con ella? —le susurró a Gilberto.

Gilberto se quedó mirándola. Tal y como había temido, ahí estaba la pregunta. La que se había hecho desde el mismo momento en el que empezó a trabajar como espía: ¿sería capaz de matar a alguien para protegerse?

Siempre se había dicho que sí. En un mundo donde podían cazarte por ser joven o porque querían algo tuyo la violencia era un mecanismo de supervivencia que Gilberto había aceptado. Sin embargo, ahora que llegaba la hora de actuar no estaba seguro de que matar a una chica, o anciana rejuvenecida, fuera a servir de algo; todavía no estaba seguro de si podría cubrir sus huellas. Después de todo, alguien tenía que haberlo visto persiguiendo al Cirujano antes de que este fuera atropellado. Matar no parecía una opción apropiada. No esa vez.

Se preguntó si Inaya pensaba lo mismo.

—¿Qué propones? —inquirió Gilberto mientras se rascaba el cuello, la mano cerca de la abertura de la chaqueta. «Podría darle dos golpes con la electrovara antes de que pudiera reaccionar».

—No me han pedido que la mate, pero no podemos dejarla por aquí para que la encuentre uno de estos —dijo Inaya señalando la maraña metálica que había sido un centinela del campo—. Además, nuestra amiga Rocío ha sido amable a pesar de cómo la hemos tratado.

«¿Realmente quieres dejarla viva porque tienes corazón o esperas que en los próximos días sea a mí a quien busquen?». Al espía no le costaba imaginar a Inaya, si es que aquel era su nombre, tomando un ascensor espacial y embarcando rumbo a Venus o Ganímedes.

—Se viene con nosotros —resolvió Gilberto—. Quizá cuando estemos allí pueda abrirnos algunas puertas.

Inaya asintió.

—Vas a volver a la alfombra. Sé buena y túmbate para que podamos irnos.

Rocío negó frenéticamente.

—¿Por qué no puedo sentarme en la parte de atrás con dignidad? —suplicó—. ¡No pienso meterme en ese maloliente paño!

—Esto no es negociable.

—Tengo un problema —musitó Rocío mientras señalaba su pañal. Gilberto percibió el hedor en el aire—. Este cuerpo es nuevo y el esfínter no se ha acostumbrado. La alfombra huele a muerte.

—Te aguantas —replicó Inaya.

Rocío miró a Gilberto en busca de ayuda.

—Tenemos prisa —sentenció él. Enseñar su electrovara animó a la mujer a que se mostrara dócil.

Progreso: 81,3%.

Pese a sus gruñidos, Rocío no opuso resistencia a que la enrollaran en la alfombra hasta convertirla en un cilindro. Inaya y Gilberto la metieron en el maletero; después subieron al coche mientras otro grupo de aeronaves pasaba sobre ellos.

8

Había escaso tráfico en aquella carretera y solo unos pocos vehículos particulares se cruzaban con ellos o eran dejados atrás. Focos de luz que aparecían y desaparecían rápidamente en medio de la noche. Inaya circulaba en manual, muy por encima del límite permitido.

Progreso: 84,2%.

—¿Estás seguro de que Ejulve es el lugar que buscamos? —preguntó Inaya tras tomar una curva que apretó a Gilberto contra la puerta del copiloto.

—¿Cómo puedes dudarlo?

Ella se ajustó las gafas.

—Lo único que sé con certeza es que he firmado un contrato rápido con Retorno que está bien pagado y Cisneros me ha dicho que te ayude. Esa cámara acorazada que ha descrito Rocío parece prometedora, pero siempre queda la posibilidad de que sea otro el edificio que va a derrumbarse.

Gilberto reflexionó sobre aquello, inquieto ante la posibilidad de que Inaya estuviera en lo cierto. Se negaba a creerlo. Todas aquellas medidas de seguridad, lo poco que se sabía del lugar y que solo hubiera podido descubrir su existencia gracias al mismísimo Cirujano indicaba lo contrario.

—En Ejulve está el secreto para conseguir cuerpos para todos —aseguró.

—No hay ningún secreto —dijo la agente metiendo quinta—. El Cirujano los consigue mediante clonación. Está claro. Si entramos en ese almacén no veremos nada que no sepa todo el mundo.

El espía negó con la cabeza.

—La tecnología necesaria para hacerlo existe pero el coste económico de clonar a una persona es demasiado elevado. Nadie ofrece la inmortalidad si va a arruinarse, no en este mundo.

—Pero no estamos hablando de fabricar una única persona —replicó Inaya—, sino de muchas. Ya sabes, producción en cadena. No sé exactamente cuántos años tienes —dijo examinando a Gilberto— pero antes, cuando pedías agua, era mejor pagar un mes por adelantado y conseguir un descuento.

Alguien propuso poner fecha de caducidad, como se hizo con el agua, recordó Gilberto. Sabía que aquellas palabras encajaban de algún modo en todo aquello.

—¿Sabes a lo que me refiero? —preguntó Inaya.

Él asintió.

—Fue una vergüenza que hicieran eso. Y más vergonzoso aún que tardaran casi diez años en prohibir el agua con caducidad.

—Ajá. Pero yo estoy hablando de que si produces muchos clones en cadena el coste de los cuerpos sería más barato, ¿no?

Gilberto negó con la cabeza.

—La gente de Retorno descartó la clonación —repitió—. Es lógico que New Life hiciera lo mismo. En primer lugar, era demasiado cara, aun reduciendo el coste por cuerpo mediante un proceso en cadena. En segundo lugar, estaba el asunto de que cada persona necesita un cuerpo distinto, ya sabes, compatibilidad entre donantes, y los clones solo podían beneficiar a un pequeño segmento de la población. Y, por último, el crecimiento acelerado que hace posible la clonación no se puede detener, el cuerpo en el que te reenganchases envejecería a gran velocidad. —«¿A eso se refería con la caducidad? ¿Serán clones lo que utilice el Cirujano?»—. Además, los clones se consideran humanos y por tanto no pueden ser esclavizados.

Inaya le dedicó una mirada escéptica.

—Mi segundo marido limpia pernos por cuatro créditos la hora.

—Déjame solucionar un problema al día —pidió Gilberto—. Hoy, la cámara de los secretos.

Ella asintió y mantuvo los ojos en la carretera. El espía examinó con calma a la mujer, descubriendo cicatrices en los antebrazos y las manos, también tenía la nariz ligeramente desviada, como si se la hubieran golpeado con algo duro. «Una luchadora», pensó Gilberto, no como un cumplido, sino como una advertencia para sí mismo.

—¿Por qué estás en esto? —le preguntó.

Inaya seguía mirando la carretera con serenidad.

—Por dinero, como todos. ¿Por qué? ¿Intentas caerme bien? Que sepas que no estoy interesada en un tercer marido. —Frenó para tomar una curva especialmente cerrada pero rápidamente volvió a acelerar—. ¿Por qué estás tú en esto?

Gilberto se demoró un instante en su respuesta.

—Me gustaría que todo el mundo pudiera acceder al reenganche. No solo los más ricos.

—¿Un idealista? —se mofó Inaya—. Gente como tú no suele durar mucho en este trabajo. O los matan o se convierten en gente pragmática. En cualquier caso, el idealista muere. Además, cuando Cisneros se haga con el secreto del Cirujano los precios no bajarán —añadió tras doblar otra curva—. New Life y Retorno se pelearán como fieras pero al final llegarán a un acuerdo para repartirse el mercado.

«Lo sé, por eso revelaré el secreto en la Red». Gilberto desvió la mirada. Sabía que tenía que tener mucho cuidado, especialmente con Inaya. La mujer era peligrosa y había algo sobre su forma de actuar que lo inquietaba. La información personal que la agente había ido revelando sobre sí misma podía ser una elaborada mentira o tal vez, si fuera verdad, la certidumbre de que él no llegaría a ver la luz del sol.

En cualquier caso, se les acababa el tiempo.

Progreso: 87,6%. Accediendo a códigos de lanzamiento.

Inaya hacía girar una pequeña ruleta de sus gafas y contemplaba perpleja la carretera, entrecerrando los ojos. Su rostro pasó de la suspicacia a la sorpresa.

—¿Eso son tanques?

Gilberto se inclinó sobre el salpicadero. A menos de un kilómetro había una vasta nube de polvo que, siguiendo el trazado irregular de un camino, se unía a la carretera que el Sander Theta recorría. Potentes focos de luz resplandecían dentro de la polvareda. En el punto de intersección, se adivinaban las formas de enormes vehículos que viajaban en su misma dirección.

—¡Ocuparán toda la carretera!

Inaya asintió y su pie forzó el motor del coche más allá del límite de una conducción imprudente, tratando de ganar terreno antes de que los pesados vehículos cubrieran la calzada.

Cuando llegaron a su altura, Inaya se internó en el carril contrario para adelantar a la columna blindada. «Espero que no venga ningún coche de frente», rogó Gilberto. Algunos de los militares hacían sonar el claxon, pero la agente no redujo la velocidad. Tal era la anchura del convoy que Gilberto sintió con intensidad las vibraciones del coche al circular sobre el arcén, el espejo retrovisor mostraba una nube de polvo ocultando los vehículos que dejaban atrás.

—Estas malditas carreteras de pueblo son más estrechas que un tubotrén —se quejó Inaya.

Un *jeep* abandonó la columna, interponiéndose en su camino y reduciendo la velocidad paulatinamente mientras el copiloto les hacía gestos por la ventana. «No vamos a parar», se dijo Gilberto. Sin embargo, Inaya se vio forzada a detener el coche para no colisionar.

—¡Mierda!

Se miraron entre ellos y luego le dedicaron un breve vistazo al maletero, Rocío seguía en él. Inaya liberó el botón de la cartuchera pero el espía negó con la cabeza.

—Es mala idea —susurró echando mano de su identificador pirata—. Déjame a mí.

Ella lo miraba con desconfianza.

—Eso no va a funcionar.

—¿Tienes una idea mejor? —gruñó él mientras creaba un perfil a toda velocidad.

Del interior del *jeep* bajó un soldado corriendo hacia ellos. No debía tener más de veinte años. Su uniforme lucía la enseña de la Brigada Mecanizada IV «Andorra».

—¡Detengan el vehículo! —ordenó apoyándose sobre la carrocería. La linterna de su mano deslumbró a Gilberto.

—Eso he hecho —protestó Inaya—. Y no porque yo quisiera.

Gilberto se inclinó hacia la ventanilla de la conductora mostrando su identificador.

—Teniente Rodrigo Vasconcelos, de Contraespionaje Continental, División de Europa Meridional —dijo de sopetón—. Tenemos prisa.

El soldado se mostró desconfiado al ver el *hiyab* de Inaya y las ropas de civil de Gilberto, quien ocultó el logotipo de New Life bajo la chaqueta que había robado. Finalmente, ante la insistente mirada de Gilberto, hizo un saludo mientras a su espalda los vehículos de ocho ruedas dejaron paso a los de orugas, pesadas moles de acero con enormes cañones o plataformas lanzamisiles. Los conductores asomaban la cabeza por una de las escotillas, protegiendo sus ojos del polvo con unos extravagantes visores.

—Nuestra brigada tiene derecho de paso exclusivo en esta carretera, mi teniente —dijo el soldado—. El Organismo Regulador de Tráfico puede darle los detalles concretos —añadió señalando el ordenador del Sander Theta.

—Tengo órdenes de estar en una localidad cercana, soldado. —Tuvo una corazonada al ver los grandes camiones de techo descubierto—. ¿Les han ordenado evacuar Ejulve?

—No, mi teniente —dijo el soldado—. Pero tampoco sabría decirle. Los mandos no contestan a nuestras preguntas. Estábamos en el cuartel viendo las noticias sobre la muerte del Cirujano cuando los oficiales nos han ordenado movilizarnos hacia Barcelona. Todavía estamos todos un poco aturdidos —reconoció mientras contemplaba un enorme vehículo que cargaba una antena parabólica plegable—. Hay quien dice que hay submarinos panamericanos cerca de la costa portuguesa y que han lanzado misiles sobre Francia. Y otros afirman que los turcos han invadido Bulgaria.

—Mientras ustedes se aclaran lo cierto es que yo estoy muy seguro de mi destino, soldado. Aparte su vehículo y déjeme llegar.

—Negativo, mi teniente, el ORT nos ha dado el derecho exclusivo de paso hasta Barcelona.

Un golpe sonó en el maletero y a Gilberto se le heló la sangre mientras Inaya alzaba la vista al retrovisor con ojos de matar.

—¿Entonces, estas tropas se dirigen hacia Barcelona? —preguntó Gilberto para captar la atención del soldado.

—Sinceramente no creo que nadie se dirija a ningún sitio —dijo el soldado—. Tengo una amiga en las Fuerzas Aéreas a la que habían ordenado acudir a Cartagena; hace quince minutos me ha dicho que sus nuevas órdenes son volar a Badajoz. Todo esto es una locura.

Los vehículos continuaban avanzando en columna, ocupando tres cuartas partes de la calzada. «Si seguimos por esta carretera nos obligarán a parar otra vez», se lamentó Gilberto. Su mirada se posó en el mapa de la computadora, estaban muy cerca de Ejulve.

Un nuevo golpe sonó en el maletero, seguido de otros dos. Esta vez no hubo manera de que el soldado no se diera cuenta y la mentira empezaba a desmoronarse. Inaya acercó poco a poco la mano a su cartuchera.

—¿Qué ha sido eso? —inquirió el soldado con los ojos alerta.

—Inaya... —la llamó Gilberto antes de que la agente actuara—. Ejulve está allí.

Su dedo señalaba un grupo de edificios a no más de seis kilómetros de distancia, tras un olivar. Ella asintió lentamente y se ajustó el puente de las gafas.

—Lástima —dijo metiendo la primera marcha—, me gustaba este coche.

—Estoy convencido de que no es tuyo —objetó Gilberto aferrándose al salpicadero.

Ella se limitó a sonreír.

—¿Qué están haciendo? —increpó el soldado. Dio un prudente paso atrás cuando el motor arrancó—. ¿Qué hay en el maletero? Les he dicho que el Organismo Regulador de Tráfico...

—Te hemos oído —interrumpió Inaya.

Forzando el volante al máximo, la mujer dirigió el vehículo hacia el olivar. Las ruedas del Sander Theta proyectaron gravilla hacia el blindaje de los vehículos. Por el espejo retrovisor, Gilberto vio al soldado agitar el puño y gritar encolerizado a medida que se alejaban de la carretera.

Si antes Gilberto había sentido el arcén bajo los asientos ahora tenía la sensación de que el Sander Theta tenía las ruedas cuadradas. Inaya sorteaba los olivos lo mejor que podía, pero había algunas ramas que ocupaban lo que ella consideraba el camino a seguir, colándose por las ventanillas y arañando el techo. Los ruidos de las piedras al golpear los bajos tampoco confortaban.

—El ORT no dicta lo que puedo hacer —exclamó Inaya, excitada por aquel nuevo modo de conducción.

«Pero llegamos tarde», pensó Gilberto al contemplar la placa de datos del Cirujano.

Progreso: 90,3%. Generando códigos de lanzamiento.

9

Progreso: 95,3%.

Gilberto alzó la vista justo a tiempo para ver el obstáculo frente a ellos.

—¡Frena! ¡Frena! ¡Frena!

Inaya detuvo el vehículo con brusquedad, haciendo que las ruedas patinaran sobre la tierra. La zanja estaba tan cerca que quedaba oculta por el capó del coche.

—¡Joder! —exclamó Inaya—. No la había visto.

El cristal frontal estaba tan cubierto de polvo que apenas se adivinaba la silueta del almacén, a menos de doscientos metros. Gilberto miró a través de la ventanilla y señaló unas planchas de madera que hacían de puente sobre la zanja.

—Por ahí, da la vuelta —ordenó él agitando el dedo enérgicamente—. ¡Rápido! ¡Rápido!

Progreso: 96,2%.

—¡Izquierda! ¡Izquierda!

—¡Lo veo! ¡Lo veo!

La agente pisó a fondo y las ruedas delanteras patinaron sobre la tierra, el vehículo continuó traqueteando hasta que alcanzaron el asfalto, donde Inaya encarriló en dirección al almacén. El edificio sí tenía aspecto de fortaleza, y recordaba vagamente a la casa de Rocío, solo que mucho más grande. El espía supuso que había hecho de los edificios rectangulares su marca de identidad.

En torno a la estructura, había varias dársenas de carga. Inaya condujo el vehículo hasta una de ellas y frenó en seco.

Progreso: 98,2%. Lanzamiento completado.

Gilberto se quedó embobado frente a la placa de datos. ¿Completado? ¿Significaba eso que todo había terminado?

Progreso: 98,4%. Bloqueando protocolo de represalias.

«¿Y eso qué cojones es?», se preguntó Gilberto. A esas alturas, tenía más que claro que el programa del Cirujano había pirateado algo importante. Y el hecho de que ese algo tuviera la capacidad para tomar represalias no daba mucha confianza. En cualquier caso, el almacén seguía ahí. No había ninguna explosión, ni quejidos metálicos de vigas maestras desmoronándose. Nada. Se le pasó por la cabeza la idea de que tal vez aquel no era el lugar adecuado, después de todo. Pero también sentía que sí lo era.

—Entremos —resolvió Gilberto.

—Espera, ese edificio puede caerse en cualquier momento. —Sus manos se movían sobre el salpicadero y entre los pedales del coche—. ¿Dónde mierdas está mi comunicador?

—Aún tenemos tiempo —dijo Gilberto antes de abrir bruscamente la puerta del coche, que emitió un quejido metálico en señal de protesta—. Ayúdame a sacar a Rocío del maletero.

Progreso: 98,9%. Estado: descubierto.

—Es demasiado tarde, Gilberto —dijo mientras lograba encontrar su comunicador, la porción inferior estaba rota—. No me jodas, ¿por qué hacen estos trastos de plástico? Esto es justo lo que... ¡Gilberto!

Escuchó a Inaya gritarle que se detuviera pero él fue directo hacia el maletero. Aquello no podía acabar, no cuando estaba tan cerca. ¿Cómo conseguía New Life cuerpos para sus clientes? ¿Cómo podría el mundo beneficiarse de aquella tecnología? ¿Ya no habría más cazacuerpos? ¿Por qué el Cirujano temía ser considerado un monstruo? ¿Qué era la NM?

Tiró de la alfombra enrollada en cuyo interior gemía Rocío. Lamentó hacer movimientos tan bruscos, pero el tiempo apremiaba y el bienestar de la arquitecta no era prioritario.

—¡Gilberto! —exclamó Inaya.

«¿No irá a decirme que sea más delicado?», pensó mientras se giraba hacia Inaya. La agente señalaba la placa de datos del Cirujano.

—¿Se ha detenido?

Gilberto consultó la pantalla, la barra de carga había adquirido una tonalidad rojiza.

Progreso: 99,2%. Estado: bloqueado. Imposible eludir vigilancia activa. Proceso incompleto.

—¿Qué ha pasado? —preguntó Gilberto—. ¿Hemos ganado?

La agente gruñó.

—No es que nosotros hayamos tenido mucho que ver con eso.

No se opuso a que Inaya tomara la placa de datos. La arquitecta asomó la cabeza al exterior de la alfombra y dio grandes bocanadas para recuperar el aliento, tenía el pelo pegado a la cara por su propio sudor.

Gilberto e Inaya se quedaron mirando la barra de carga. Nada, por el momento. El espía casi esperaba verla progresar, como si aquella pausa hubiera sido un receso, pero no lo hizo.

—Agua —suplicó Rocío con voz entrecortada.

Sin quitar ojo de la placa, la agente se acercó al maletero y sacó un par de botellas de agua, ofreciéndole una a la arquitecta. Tras dar un largo trago a la segunda, le dio el resto a Gilberto, que lo agradeció con un ademán de la cabeza. Estaba tan nervioso que la mano le temblaba, derramando parte del agua. No estaba muy fresca, y mezclada con el polvo que había tragado al atravesar el campo tenía un sabor asqueroso, pero no se quejó. Estaba sediento.

—Echa un vistazo al almacén —dijo Inaya tendiéndole sus gafas.

Él las aceptó y sus ojos recibieron una imagen de cada detalle del lugar como si hubiera estado a plena luz del día.

La mayor nitidez de la imagen no varió demasiado su primera impresión del lugar. Un bloque rectangular de hormigón, sin ventanas, ni antenas y solo diminutas puertas que permanecían abiertas el tiempo necesario para que los vehículos de transporte cargaran o descargaran su panza. La mayoría de los transportes estaban automatizados. Apenas se veía a media docena de personas en el interior de los camiones. Algunos charlaban a gritos o comían algo mientras esperaban a que los robots logísticos completaran su trabajo. Incluso vio a uno de ellos dormir. Ninguno salía de la cabina. Todos parecían despreocupados respecto a lo que hubiera en el interior de aquel lugar al que no se les permitía entrar.

Una cámara de secretos, había dicho Rocío.

Su boca todavía sabía a barro. Los espejos exteriores del Sander Theta habían desaparecido, arrancados por las ramas, y tuvo que usar el reflejo de su propio comunicador para examinarse. El polvo y el sudor lo habían dejado irreconocible.

Gilberto sintió una punzada de culpabilidad al ver la figura de Rocío reflejada. La chica se lamentaba en el suelo, demasiado dolorida para poder mantenerse en pie. La alfombra había amortiguado la mayoría de los golpes, pero el abrupto terreno que acababan de cruzar no había sido amable con ella. Tenía contusiones por todo el cuerpo y Gilberto casi podía ver cardenales creciendo bajo la ropa. Pero estaba viva.

—Si algún día tengo hijos les compraré un Sander Theta —dijo Inaya—. No hay coche más seguro para sus ocupantes.

El Gilberto del reflejo desapareció cuando una llamada entrante apareció en la pantalla.

—Cisneros...

Inaya bufó.

—Esa hiena sabe llamar en el momento adecuado. —Gilberto le dio la razón—. Deberías responder de inmediato.

—Estoy pensando.

—Pues no pienses mucho. Si los jefes llaman es que tienen nuevas condiciones. A veces te dicen que abandones y te pagan solo una parte de lo acordado. A veces te mandan matar a alguien pero se arrepienten en el último momento. Si no les coges el comunicador y eliminas al objetivo la culpa es tuya por no haber respondido a tiempo. —Inaya suspiró, como si estuviera cansada—. Los jefes nunca cargan con la culpa.

Gilberto se sorprendió al oír aquello. Había dos implicaciones en aquella declaración. Lo primero era que esa mujer estaba acostumbrada a arrebatar vidas, sus jefes a pedir que alguien fuera asesinado y lo único que parecía importar de todo aquello era si se habían cumplido las últimas condiciones del acuerdo. «Voy a joder a Retorno todo lo que pueda». La segunda, Gilberto era prescindible.

El comunicador seguía sonando.

—Responde, ¡hostias!

Gilberto pidió calma con la mano y aceptó la llamada.

—Conexión establecida con Andrea Cisneros.

—¿Cómo...operación...almacén...tu...Cirujano?

El sonido era peor que un simple segundo luz de retraso.

—Cisneros, apenas podemos oírte —dijo Gilberto.

—...Life...problemas......situación...con...tificia...

—¡No podemos oírte bien! —exclamó Inaya.

—...pera...segundo.

La comunicación pasó de audio a texto y las primeras palabras no tardaron en aparecer.

Cisneros: ¿En qué punto estamos con el almacén del Cirujano?

El comunicador transcribía conforme Gilberto hablaba.

Yo: Estamos en el exterior, trazando un plan para poder entrar.

Cisneros: ¿Todavía no habéis entrado? ¡La policía recibió el aviso de secuestro de Rocío Esquivel hace media hora! ¿Qué habéis estado haciendo?

Yo: Preguntas. Ahora tenemos las respuestas.

Cisneros: ¿Lo que buscamos está ahí?

Yo: Es probable.

Cisneros: ¿Es probable? Eso no es suficiente.

Yo: La próxima vez que hablemos podremos decir sí o no.

CISNEROS: MÁS TE VALE QUE SEA UN SÍ. CON EL CIRUJANO MUERTO Y TU CARA EN LAS CÁMARAS DE SEGURIDAD DE NEW LIFE NO TIENES MUCHO FUTURO. NECESITAS TRAERNOS ALGO VALIOSO.

—No parece quererte mucho —dijo Inaya con una sonrisa.

Gilberto la ignoró. También el hecho de que se hubiera hecho involuntariamente famoso y quizá fuera a ser acusado de tener algo que ver con la muerte del Cirujano. «Lo cual es cierto». Sin embargo, ahora solo importaba seguir adelante, porque tenía la impresión de que la solución a sus problemas no estaba en lo que ya había hecho, sino en lo que todavía podía hacer. Espionaje, robo y secuestro e intento de tortura bien podían quedar olvidados si ofrecía cuerpos para todos o exponía aquel secreto que el Cirujano parecía guardar en aquel almacén.

O eso esperaba.

CISNEROS: Y DILE A MI AGENTE QUE ELLA TAMBIÉN ESTÁ SOBRE AVISO.

La sonrisa de Inaya se borró de inmediato. Gilberto aprovechó la oportunidad.

YO: ¿TU AGENTE?

CISNEROS: LA MUJER QUE ENVIÉ A CASA DE LA ARQUITECTA. NO CONSIGO CONTACTAR CON ELLA. ¿LE HA SUCEDIDO ALGO?

«No ha dicho su nombre —observó Gilberto—. Y le preocupa la posibilidad de que no esté junto a mí». La voz en el fondo de su cabeza le decía que si entraba en aquel almacén y encontraba lo que buscaba al menos uno de los dos no saldría. Decidió forzar un poco más la situación.

YO: ROCÍO ESTÁ BIEN. OFRECE SU AYUDA PARA ENTRAR.

CISNEROS: ES BUENO SABERLO, PERO ME REFERÍA A SI VAS POR TU CUENTA O LA AGENTE ESTÁ CONTIGO.

YO: TAMBIÉN ESTÁ AQUÍ. LE HARÉ SABER LO QUE QUIERES. EN BREVE TENDREMOS NOVEDADES.

CISNEROS: MÁS TE VALE. UNA COSA MÁS, SI NO PUEDES CON-
TACTAR CONMIGO TENDRÁS QUE INFORMAR A LA DELEGACIÓN DE
BARCELONA O A LA DE CARTAGENA. LOS MILITARES COLAPSAN LAS
COMUNICACIONES Y LA RED ESTÁ EXPERIMENTANDO PROBLEMAS.

YO: ¿QUÉ CLASE DE PROBLEMAS?

CISNEROS: NADIE LO SABE. PERO ESTÁN DESCONECTANDO
INTELIGENCIAS ARTIFICIALES EN TODOS LOS ORGANISMOS OFICIALES
Y LA BOLSA DE NUEVA YORK HA CERRADO CON CAÍDAS DRAMÁTICAS.
SE RUMOREA QUE MAÑANA LOS JAPONESES NO ABRIRÁN LA SUYA POR
TEMOR AL CONTAGIO.

—Qué nos importa a nosotros la bolsa —se quejó
Inaya.

—Significa que está pasando algo lo bastante malo
como para alterar a quienes tienen poder —explicó
Gilberto.

YO: NO NOS DISTRAEREMOS DE NUESTRA MISIÓN. UNA VEZ
CUMPLAMOS, TE INFORMAREMOS.

—CONEXIÓN FINALIZADA CON ANDREA CISNEROS.

10

Inaya levantó la cubierta de la rueda de repuesto y ante los ojos de Gilberto apareció un pequeño arsenal. Pistolas, cuchillos, una escopeta, varios subfusiles, un fusil de asalto y unos cilindros metálicos que debían ser granadas. La agente fue extrayendo una a una las armas como si las estuviera exponiendo en una tienda.

«¿Vamos a la guerra?», pensó Gilberto. Pero la broma murió antes de pronunciarla. La visión de aquel almacén junto a las armas reiteraba la seriedad de lo que ocurría. «Y la muerte del Cirujano. Más lo que sea que esté pasando con los militares y las inteligencias artificiales. Y todavía no sé qué es la NM». Se reprendió a sí mismo y observó con renovado interés las armas sobre el suelo.

Rocío Esquivel, a quien nadie le quitaba el ojo de encima, se fijó en otra cosa.

—¿Por qué me habéis metido en esa maloliente alfombra si teníais una cuerda?

Gilberto se percató de la presencia de una contundente soga que parecía sacada de un puerto pesquero. La arquitecta alternaba su mirada entre la cuerda y Gilberto pero él hizo un gesto hacia Inaya. La agente terminó de alinear las armas antes de responder.

—No siempre vengo tan preparada —dijo mientras señalaba aquel despliegue militar—. He comprobado cómo puedo inmovilizar al objetivo si no tengo cuerda. Las cortinas son un pobre sustituto.

—Eres una desgraciada —escupió Rocío.

—No tengo tiempo para discutirlo —replicó la agente, tomando una de las pistolas, de aspecto tosco y cañón ancho, y añadiéndola a la pistola Gauss que llevaba en la cartuchera—. Si dentro de un rato no nos ha caído un edificio encima te explicaré por qué me importa una mierda lo que pienses de mí.

Progreso: 99,2%. Estado: bloqueado. Imposible eludir vigilancia activa. Proceso incompleto.

Inaya se cargó una pequeña bolsa al hombro. Tres cargadores adicionales se añadieron a su arsenal y después tomó un subfusil, un cuchillo y algunas granadas. Extrajo una pequeña batería de la patilla de sus gafas y la cambió por otra nueva. Una cantimplora llena de agua completó el equipo. Hubo una breve interrupción de sus movimientos antes de que mascullara una maldición y se quitara el *hiyab*, revelando un pelo blanco extremadamente corto.

Gilberto se quedó observando aquella cabeza. Era como si el pelo hubiera desaparecido por completo y ahora le costara volver a crecer de nuevo. Era el pelo de una persona enferma.

—¿Necesitas un reenganche?

La agente lo fulminó con una mirada, visiblemente molesta.

—Me gusta llevarlo corto —gruñó Inaya.

—Normalmente mientes mejor.

Ahora sí que estaba enfurecida, de tanto apretar la mandíbula parecía que le iba a estallar una muela.

—Es una mancha negra en los pulmones —farfulló la agente—. Los médicos creían que era cáncer pero ahora no están seguros. Lo más sencillo es que me cambie el pulmón y listo; estoy harta de medicamentos que no hacen nada.

Gilberto se planteó si aquel giro de los acontecimientos ofrecía alguna posibilidad de hacer que la agente lo ayudara a que el secreto de los cuerpos del Cirujano acabara en la Red y no en las cajas de seguridad de Retorno. No sabía cómo jugar con aquella posibilidad, no con esa mujer tan peligrosa que podría pagarse un cuerpo nuevo con dos o tres balas bien disparadas. «No, no hay posibilidades con ella». La idea se alejó mientras cogía la escopeta y una cinta con cartuchos.

—Muy grande para ti —lo amonestó inmediatamente Inaya—. Atiende, necesitas algo más compacto que puedas usar en pasillos estrechos, el cañón de ese arma es demasiado largo. Además, dispararle perdigones a un armazón metálico es estúpido. Necesitas balas perforantes que lo atraviesen.

—¿Cómo sabes que los pasillos serán estrechos?

Inaya devolvió la escopeta a la bolsa.

—No lo sabes, pero es mejor asumirlo. Las armas cortas son preferibles para interiores. Incluso un agonizador o un cuchillo, si eres un nostálgico, pueden ser más útiles que un arma de cañón largo.

—¿Cómo es el interior del almacén? —preguntó Gilberto a Rocío.

La arquitecta se demoró hasta que la pistola de Inaya la animó a responder.

—No hay pasillos estrechos —dijo Rocío—. El diseño es de bóvedas huecas para maximizar el espacio.

Inaya hizo un gesto de desdén y tendió un arma al espía, un subfusil de apenas dos palmos de largo. Gilberto lo comprobó delante de ella. Seguro. Gatillo. Cargador. Mira. Percutor. Retroceso.

La agente dibujó media sonrisa.

—Se puede hacer peor —dijo ofreciéndole un par de cargadores.

«¿Está intentando ayudarme o quiere dejar claro que no tengo ninguna oportunidad?». Gilberto era consciente de que se la jugaba tratando de engañar a Retorno, pero revelar el secreto de los cuerpos se traduciría en un mundo un poco más equitativo. Aquello bien merecía el riesgo.

Inaya se colocó una muñequera y tecleó sobre ella.

—Te estoy dando permisos para usar el arma. Pon el índice sobre el gatillo.

Gilberto así lo hizo y el subfusil emitió un breve pitido. Inaya comprobó su equipo mientras él preparaba su placa de datos para piratear las entradas. Tenían a Rocío para que les abriera las puertas, pero era mejor asegurar.

—Podríamos haber robado uno de esos tanques de la carretera —comentó la agente—. Hubiera sido más fácil entrar.

Gilberto sonrió.

—No te preocupes, tengo lo que necesitamos —dijo mientras extraía de su polvorienta chaqueta robada la tarjeta de claves del Cirujano—. Ya la he usado antes.

Inaya lo miró con escepticismo.

—¿Crees que eso funcionará?

—Los presidentes de New Life van y vienen, pero el Cirujano permanece —aseguró Gilberto—. Si no funciona, todavía tenemos a Rocío.

—Lo han atropellado —recordó Inaya.

—Pero su tarjeta está aquí.

—Me refiero a que él está muerto. ¿No habrán anulado sus claves?

—Esta es una tarjeta de claves pregeneradas y este almacén no está conectado a ninguna red —expuso Gilberto—. No pueden cancelar a distancia el acceso a este lugar.

Ambos se giraron hacia Rocío. La arquitecta les contemplaba desde el suelo con suspicacia pero al final terminó asintiendo.

—Está en lo cierto. Solo pueden anular las claves de una cámara de secretos si alguien viene hasta aquí y lo hace manualmente.

—Lo cual podría pasárseles por la cabeza si la arquitecta que la *disenhó* desaparece el mismo día que muere el Cirujano —dijo el espía—. Cisneros ha dicho que la policía recibió el aviso hace media hora. New Life lo habrá sabido dos minutos después. Y no me sorprendería que hubiera alguien en Ejulve con ese trabajo.

Inaya se pasó una uña por el labio y miró fijamente al espía.

—Serías muy bueno en esto —dijo con aflicción.

A veces te mandan matar a alguien pero se arrepienten en el último momento. Gilberto estaba seguro de que el contrato de la agente incluía un espía menos en la nómica de Retorno. No obstante se sintió halagado de que Inaya prefiriera no tener que matarle y enterrarle. «No será en roca sedimentaria».

Ella rebuscó en el maletero hasta encontrar un aparato parecido a una placa de datos.

—Imagino que no le has cortado el pulgar al Cirujano —aventuró Inaya. Gilberto se sorprendió de oír aquello—. Pero has dicho que has utilizado esa tarjeta antes.

Él frunció el ceño. Ella introdujo un poco de silicona en una abertura del aparato.

—En realidad he usado su pulgar después de que le atropellaran.

—Mejor aún. Eso significa que el Cirujano estaba corriendo y sus manos húmedas han tocado un asfalto lleno de partículas de suciedad. Por lo que los restos de su huella dactilar pueden seguir ahí. Voy a tomar una muestra con este suplantador —dijo mostrándole su aparato—. Haré copia de todas las huellas de la tarjeta pero necesito las de tus manos para descartar las incorrectas.

«Y así tendrás mi nombre, descripción física y huellas dactilares». No le sorprendería que Inaya también hubiera grabado su voz. Gilberto se sentía el más incompetente de los espías.

—Tú eres el que tenía prisa —insistió Inaya al ver que él dudaba.

—No he tocado el lector, si hay huellas ahí serán las del Cirujano. No las mías.

Gilberto se cruzó de brazos y la agente desistió, esperando a que la silicona hiciera su trabajo.

—Tardará menos de un minuto —informó Inaya mientras recogía las armas descartadas en el interior de la bolsa—. Ata a Rocío con la cuerda, las manos al frente por si necesitamos que teclee algo.

Mientras ataba a Rocío, el espía observó a la agente contemplar el siniestro estuche con los aparatos de tortura durante un buen rato. Al final, optó por guardarlo en el interior de la chaqueta. Cerró la bolsa y la metió en el maletero.

El aparato de Rocío emitió un pitido mientras expulsaba un molde de silicona. Con extremo cuidado, Inaya extrajo la lámina y se la tendió a Gilberto.

Progreso: 99,2%. Estado: bloqueado. Imposible eludir vigilancia activa. Proceso incompleto.

—Parece que, después de todo, sí entraremos —dijo Gilberto.

11

Los tres corrían al amparo de la oscuridad hacia una dársena libre de vehículos. El terreno arenoso bajo sus pies dio paso a la firmeza del asfalto a medida que la puerta a la que se dirigían se hacía más y más clara. Era una robusta persiana metálica con el número doce en pintura descorchada. Se detuvieron frente a una pequeña puerta anexa.

A su derecha, uno de los camiones pilotados por IA se alejaba del almacén.

Un panel de acceso solicitaba una contraseña alfanumérica para entrar. Sin perder tiempo, Gilberto extrajo la tarjeta del Cirujano y, tras colocar el molde sobre el lector, imprimió su pulgar. Ocho caracteres aparecieron sobre la tarjeta y la agente los fue introduciendo uno a uno, convertidos en asteriscos.

—¡No, no! —dijo Gilberto—. Eso es una jota mayúscula.

—¡Calla! —espetó Inaya—. Me he dado cuenta.

Borró el último asterisco y lo introdujo de nuevo. Un chasquido mecánico les hizo saber que la puerta estaba abierta y el espía sonrió.

Una estridente alarma empezó a martillearles los oídos.

—¡A cubierto! —exclamó Inaya.

Rocío se echó al suelo y se cubrió la cabeza. Gilberto tomó el subfusil y apoyó la espalda sobre la pared del almacén, encañonando a todos los tramos oscuros en busca de un enemigo al que disparar. Inaya hizo lo mismo y dedicó un largo rato a examinar las inmediaciones con sus gafas. La alarma continuaba sonando en la noche. Lejos.

—No es una alarma —dijo la agente—. Es una sirena. Viene del pueblo.

«¿De Ejulve?». Era un sonido siniestro, heraldo de problemas y no la alarma que alguien escucharía cuando se produce un robo, sino cuando se espera que uno salga huyendo con lo puesto.

—Tengo un mal presentimiento —dijo Gilberto mientras aquella sirena retumbaba en sus oídos—. Uno muy malo.

Inaya se volvió hacia él.

—Deberías. Eso es un aviso de bombardeo. Creo que sí que ha estallado una guerra.

Aeronaves en el cielo. Tanques en las carreteras. La bolsa desplomándose. Su cerebro le recordó la imagen de dos militares saliendo a toda prisa de la cafetería donde había esperado instrucciones de Cisneros. Estaba claro que todo aquello estaba conectado. La pregunta que Gilberto se formulaba mientras cruzaba la puerta era si esa conexión incluía al Cirujano.

—Sigamos —dijo Inaya. Su arma se apoyó en el pecho de Rocío, quien pareció encogerse—. Tú abres la marcha.

Tras el muro de hormigón no existían tales preocupaciones. El trabajo continuaba sin descanso gracias a una enfermiza cantidad de robots logísticos. Cien cajas rectangulares de diversos tamaños circulaban sobre cintas transportadoras o entre las pinzas de infatigables trabajadores mecánicos, siendo apiladas en perfecto orden dentro de contenedores que luego se despachaban al interior de los camiones.

Gilberto escuchó el chasquido del seguro del subfusil y se volvió hacia Inaya. La agente apuntaba a un robot que se acercaba directo hacia ellos. El espía apartó con suavidad el cañón del arma.

—Tranquila, son robots de carga.

Rocío asentía. La agente miró molesta la mano sobre su arma, a Gilberto y al robot que siguió su camino ignorando a los humanos; la agente no bajó el subfusil hasta que este se internó entre una fila de estanterías y desapareció de su vista.

—Para mí todos son una amenaza —bufó la agente.

Cada pocos minutos uno u otro de aquellos contenedores alcanzaba el peso programado y su persiana se cerraba con un chirriante deslizar de metal sobre metal. Una sirena, mucho menos siniestra que la que habían escuchado en el exterior, advertía del final del proceso de carga y el conductor, humano o automatizado, encendía el motor y se dirigía a su destino. El monótono trabajo continuaba una vez se había marchado.

El espía se volvió hacia Rocío, inquisitivo.

—Esto es solo una zona de carga —explicó la arquitecta—. El verdadero almacén está ahí detrás.

Señaló una hilera de estanterías frente a ellos, se extendían de un lado a otro del almacén. Formaban pasillos en cuyo extremo opuesto había puertas que daban a una zona interior. Caminaron hacia una de aquellas entradas, procurando evitar los muchos aparatos mecánicos en movimiento. Gilberto no quería que le partiera la cabeza ningún objeto pesado a gran velocidad.

—Odio a las IA —escupió Inaya mientras se hacía a un lado para dejar paso a un robot del tamaño de una rata—. Nos quitan el trabajo.

«¿Te refieres a tu trabajo como sicaria?», pensó Gilberto. Pero él sabía qué quería decir, lo había escuchado en innumerables ocasiones. Conversaciones de bar, solía llamarlas. Donde los desempleados de larga duración se pasaban horas en torno al vaso hace tiempo vacío de la única cerveza que habían pedido, quejándose de que la corporación los había sustituido por una máquina que cobraba menos y protestaba aún menos. El dueño del bar soportaba los sermones en silencio o con gruñidos cansados, anhelando que el desempleado pidiera una segunda cerveza con la que poder hacer frente a los gastos de su establecimiento. El parado rara vez lo hacía, alargando cada crédito hasta que finalmente encontrara un trabajo, soportando un tortuoso camino de rechazos bajo la simple pregunta de si era más rentable que una máquina. Pocos trabajadores manuales podían afirmarlo.

Se volvió hacia Inaya, que pisaba con cuidado y no le quitaba el ojo a Rocío, a las máquinas que deambulaban por ahí e incluso al propio Gilberto. La agente tenía cara de pocos amigos y lanzaba miradas de puro odio hacia todos los aparatos mecánicos que se movían por sí mismos.

«No deberías culpar al grupo erróneo —pensó Gilberto—. Quien destruye empleos son las corporaciones que utilizan masivamente inteligencias artificiales, no las propias máquinas». La idea de que las IA robaban el trabajo era demasiado popular entre la gente para que la mayoría se diera cuenta de que también ellas eran esclavas.

Inaya señaló una puerta entre dos hileras de estanterías y se dirigió hacia allí. Con el cañón del subfusil, Gilberto animó a Rocío para que se diera prisa.

—Clave —pidió Inaya.

El espía extrajo la tarjeta del Cirujano y un nuevo código predeterminado se generó. Esta vez no hubo fallos al teclearlo y la puerta se abrió con un chasquido metálico. Un viento frío atravesó la puerta e hizo que Gilberto tiritara.

—Joder, ¿por qué está tan oscuro ahí dentro?

12

Rocío Esquivel les había asegurado que una cámara de secretos se construía con grandes bóvedas huecas, lo cual podían adivinar por el eco; pero Inaya también había acertado respecto a los pasillos estrechos. Cuando la puerta de la zona de carga se cerró a sus espaldas los tres se encontraron en la oscuridad; a izquierda y derecha largas filas de estanterías rectangulares que contenían miles de cajas etiquetadas formaban un trazado de caminos rectos que recordaba a las calles panamericanas. Cada treinta metros había esquinas que podían ocultar peligros.

El subfusil que Inaya le había prestado contaba con una linterna, lo que permitió iluminar un toro de seis ruedas que se dirigía hacia ellos. Se apartaron para dejarlo pasar.

—Los centinelas suelen tener orugas —dijo Inaya mientras la mole metálica avanzaba. La luz de la linterna iluminó el vaho que acompañó a sus palabras—. Si los oyes, dispara antes de que se oriente hacia ti.

El problema era que Gilberto no se creía capaz de escuchar aquellas orugas. Todo el almacén estaba lleno de pequeñas máquinas logísticas repletas de diminutos pilotos verdes y rojos. La velocidad a la que se desplazaban sin accidentes era obra de un código de circulación que solo ellas parecían entender. A esos ruidos se sumaban los procesos de embalaje, y aproximadamente cada medio minuto sonaba una campana de significado desconocido. El silencio era inexistente en aquel almacén.

Inaya abría la marcha, indiferente a la oscuridad gracias a sus gafas, seguida de Rocío y Gilberto que iluminaba los alrededores en busca de aquellos centinelas de los que la agente hablaba. Se sentía en desventaja. Las máquinas no necesitaban ver para trabajar y solo puntuales destellos de un lector óptico o el resplandor de computadoras industriales rompía la envolvente oscuridad.

Al esquivar otro toro, Rocío se chocó con una esquina. Quiso frenar la caída agarrándose a una estantería pero las manos atadas se lo impidieron. El golpe en la barbilla dolió de solo verlo y la arquitecta y varias cajas cayeron al suelo. Una de ellas se partió con un crujido y varias grietas aparecieron sobre su superficie.

—¡Mierda! —exclamó Rocío.

Inaya se abalanzó sobre ella y le tapó la boca mientras le tensaba los dedos hasta el límite. Le partió el meñique de un golpe seco y la mano de la agente silenció el grito.

—Si vuelves a hacer ruido —le susurró— te partiré los otros nueve.

Rocío hiperventilaba y contuvo sus quejidos lo mejor que pudo cuando Inaya le liberó la boca. Se agarraba la mano dolorida y gimoteaba en silencio.

La agente se dio cuenta de que Gilberto la miraba con gesto censor, pero el espía desistió de hacer comentario alguno y se limitó a señalar la caja rota.

—¿Qué? —gruñó la agente.

—Cuarenta y tres horas a la semana estoy frente a la puerta del Cirujano —susurró él—. Soy bastante bueno observando lo que parece normal y no lo es.

Inaya alzó la cabeza con interés mientras Gilberto iluminaba varios toros que circulaban, unos cargados, otros no, pero nunca inmóviles. La luz recorrió la estancia, las estanterías estaban repletas de cajas de distintos tamaños y más logísticos acarreaban mercancías hasta las cintas transportadoras que desaparecían por túneles que comunicaban con la zona de dársenas.

—Demasiada actividad para un simple almacén de piezas mecánicas.

Inaya asintió lentamente con la cabeza e indicó una de las cajas. Gilberto no perdió el tiempo y metió la mano por las grietas que el golpe había producido. Rocío moqueaba mientras el espía tiraba de la madera sintética.

—Toma —susurró Inaya—, usa mi navaja.

Él señaló un piloto rojo que antes no estaba en la estantería.

—Creo que se ha activado algún tipo de alarma —advirtió mientras escudriñaba los alrededores.

—Tendrán un sensor de peso —dijo Inaya mientras fulminaba con la mirada a Rocío—. Date prisa, antes de que venga un centinela.

Gilberto hizo fuerza con la navaja y la madera saltó. Había una segunda capa, más resistente y de colores vegetales, con una textura semejante a la de los envases plásticos de comida precocinada, también en este caso parecía diseñada para conservar la temperatura, pues la caja estaba tan fría que el vapor de agua se había condensado sobre él. Sobre la carcasa, había palabras escritas en siete lenguas distintas.

Hígado humano FG-28.

Alzó la vista hacia la agente.

—Es aquí. El secreto de los cuerpos sintéticos.

Inaya suspiró aliviada.

—Ya falta poco.

Gilberto la observó con renovada preocupación, temiendo el instante que saltara sobre él para matarlo. «En el mismo momento en el que revelemos el misterio». El espía se volvió hacia Rocío.

—Llévanos a los niveles inferiores —le ordenó—. Quiero ver dónde los fabrican.

—Solo hay un montacargas que llegue allí —susurró la arquitecta—. Está por aquí.

Mientras seguía a la mujer, Gilberto observó las cajas que debían contener órganos. Medían dos palmos de ancho por tres de largo; había otras mucho más grandes, más que el propio Gilberto, que avanzaban por las cintas transportadoras o se mantenían inmóviles en las baldas, en espera de que un logístico fuera a por ellas.

—En las grandes hay cuerpos artificiales —aseguró.

Inaya sonrió con altanería.

—Son clones, te lo digo yo... —se interrumpió bruscamente.

Tras una de las estanterías había aparecido un robot distinto a los demás. El repertorio de armas adherido a su carcasa dejaba constancia de su función. Rocío se tiró al suelo mientras Gilberto quitaba el seguro de su subfusil.

El centinela fue más rápido. Y tenía mejor puntería.

Las dos balas que el espía disparó se perdieron en el fondo del almacén. Un haz anaranjado se posó en el pecho de Gilberto y sintió un dolor intenso. Muy intenso. Cayó al suelo porque sus rodillas dejaron de funcionar y el duro golpe contra el cemento fue una caricia en comparación con el abrasador tormento que atravesó cada milímetro de su piel. Gilberto se sentía arder, como si se estuviera cociendo en el interior de un caldero hirviente, pero también sufría por un fuego interno que le causaba un dolor extremo, más del que nunca hubiera soportado. Anhelaba gritar pero era incapaz, los ojos y la lengua se le habían secado por completo. Apenas podía respirar.

Escuchó el sonido de tres disparos y el suplicio se interrumpió, aunque sus consecuencias persistieron unos segundos que se hicieron eternos. Cuando pudo abrir los ojos encontró a la agente junto al centinela, haciendo dos nuevos agujeros en el armazón metálico. En algún lugar de su maltrecho cerebro, Gilberto se lo agradeció.

—¿Qué mierda era eso? —gimoteó desde el suelo.

Las babas le caían de la boca como pegajosas telarañas. Mocos, lágrimas y vaho se sumaban.

—Un agonizador —dijo la agente—. Te han disparado microondas.

Gilberto consiguió apoyar la espalda en la estantería al segundo intento y poco a poco fue recuperando el control de su cuerpo. Podía mover tres de sus dedos sin que le dolieran.

—Tienes suerte de que fuera munición no letal —dijo Inaya.

El dolor fue dando paso a un insoportable picor que le obligaba a rascarse, hasta las uñas parecían fabricar sufrimiento. Su temperatura corporal había subido varios grados, le dolía la cabeza y tenía una sed terrible. La cantidad de sudor había alcanzado cotas antihigiénicas.

—Cuando dijiste munición no letal me imaginaba pelotas de goma, no ese rayo del infierno.

—Créeme, tampoco quieres que te golpee una de esas. —Inaya le puso una mano sobre la frente y la retiró brillante de sudor—. Necesitas hidratarte.

La agente abrió su bolsa y extrajo la cantimplora. Gilberto se la arrebató y volcó su contenido en la boca, atragantándose en su ansia de seguir bebiendo.

—Échate un poco sobre los ojos, también se te han resecado. No quiero un compañero ciego si nos encontramos con otro centinela.

—Esta vez dispararé antes —aseguró Gilberto.

—No, lo que harás es moverte a un lado. Este no es un modelo militar —dijo Inaya señalando la chatarra en el suelo—. Estos centinelas no suelen disparar a menos que tengan asegurado el blanco, para no dañar propiedad de la corporación. Si te escondes detrás de una caja o algo valioso no te disparará, buscará un nuevo ángulo desde el que atacar. Eso debería darte tiempo para llenarlo de plomo.

—Podías habérmelo dicho antes.

«Pero entonces yo habría salido ileso», pensó el espía. Alzó la vista hacia la agente. Inaya le ofrecía la mano para incorporarse y él la aceptó con recelo. «La mano derecha te ayuda, la izquierda sostiene el puñal». Una vez pudo mantenerse sobre sus pies, apoyando una mano en la estantería, se giró hacia el robot destruido y lo enfocó con la linterna del subfusil.

—Otra vergüenza que *anhadir* a este mundo —dijo Gilberto—: ya no se respetan las leyes de Asimov. Una máquina puede matarte si la han programado para eso.

—Súmalo a tu lista de asuntos pendientes, ahora tenemos que... ¿dónde está Rocío?

Gilberto enfocó el lugar donde la arquitecta se había tirado para protegerse del centinela. Ya no estaba. Movió la luz a ambos extremos del pasillo sin encontrarla, podía haber ido en cualquier dirección.

—Sígueme —susurró Inaya mientras ajustaba sus gafas—. Con este frío será fácil seguir su rastro térmico.

Y así fue. Rocío había tenido la astucia de zigzaguear entre las estanterías, pero Inaya caminaba como si estuviera siguiendo indicaciones luminosas en el suelo. Pese a que Gilberto sufría con cada zancada, siguió a la agente entre las estanterías, pronto su linterna iluminó la espalda de la arquitecta.

Rocío echó a correr en cuanto se supo descubierta.

—¡Socorro! ¡Ayuda! ¡Socorro!

Inaya le disparó sin mediar palabra. La muchacha cayó al suelo pero inmediatamente trató de ponerse en pie, resbalando.

—¿Qué haces? —le reprendió Gilberto.

—Ha sido en el hombro derecho, vivirá.

Rocío continuaba arrastrándose y gritando. Los dos corrieron hacia ella.

—Ahora sí que te va a doler —amenazó la agente, pero la linterna del espía reveló una gigantesca sombra en el pasillo.

Esta vez Gilberto se movió a un lado cuando el centinela alzó sus armas y disparó. Notó un golpe de calor en el brazo, pero menos intenso que cuando había recibido un impacto directo. Inaya abrió fuego sobre el centinela, que emitió chirridos metálicos mientras otra de sus armas, un tubo de considerables dimensiones, vomitaba proyectiles de goma, tan lentos que Gilberto los podía ver, pero tronaban al chocar contra algo sólido. Uno de ellos alcanzó una de las estanterías. Otro dobló una barra de metal. Un tercero golpeó a Rocío en la cabeza.

«¡Mierda!».

Gilberto unió su subfusil al de Inaya y entre los dos acribillaron al centinela. Sin embargo, no dejaron de apuntarle hasta que, a menos de tres pasos de él, comprobaron que su núcleo energético estaba destrozado.

—Odio estos trastos —dijo Gilberto.

—Mierda... Al final sí te ha ido mejor con el agonizador —dijo Inaya señalando el cuerpo inmóvil de Rocío.

La linterna de Gilberto iluminó a la arquitecta. Tenía los ojos abiertos y miraba al vacío, los blanquecinos labios le temblaban y una marca rojiza sobre la sien derecha marcaba el lugar donde el cráneo se le había hundido por el impacto. El color de su rostro se estaba volviendo antinatural.

Gilberto abrió la boca.

—Ni lo preguntes —dijo Inaya—. De esta no sale. Ha tenido mala suerte y...

Un chasquido eléctrico a su espalda les advirtió que una de las persianas del almacén estaba abriéndose. El espía apagó la linterna de su subfusil y se agachó mirando hacia el origen del ruido. Con una rodilla en el suelo, que también emitía su dosis de irritante picor, observó los destellos procedentes de la entrada del almacén. Y un nuevo sonido.

«¡Voces! ¡Hay alguien aquí!».

—Creí que no había nadie —murmuró Gilberto.

—Tengo la impresión de que hemos hecho bastante ruido.

El sonido de varias personas a la carrera se sumó a los ruidos del almacén. Gilberto se puso en tensión.

—Vienen hacia nosotros —dijo Inaya. Su silueta se movió hasta desaparecer tras una esquina—. Ponte a cubierto.

Gilberto arrastró los pies hasta colocarse en la esquina opuesta y alzó el subfusil hacia las luces que se aproximaban.

13

Rocío balbuceaba algo incomprensible pero Gilberto no podía prestarle atención. El grupo de personas que avanzaba a la carrera por los pasillos del almacén no parecía preocuparse de hacer notar su presencia, se gritaban unos a otros para que se movieran con celeridad.

—Rápido, rápido. Casi no queda tiempo.

«Esto es muy raro», pensó. Inaya y él continuaban ocultos, con las manos aferrando con firmeza los subfusiles. Gilberto reorientaba el cañón del arma con cada nuevo paso de los desconocidos, notando que el dolorido hombro se le tensaba por aquel sencillo movimiento. «Esta vez dispararé antes», se repetía.

Las linternas de los recién llegados revelaron que eran tres. Continuaron avanzando, ignorantes de que frente a ellos les esperaban dos armas preparadas. Cuando estuvieron a menos de cincuenta metros, quitó el seguro.

—Creo que no están aquí por nosotros —susurró Inaya. Gilberto se giró hacia ella, la silueta de la agente parecía una estatua—. Solo uno de ellos va armado.

Él no veía más allá de aquellas tres luces que se movían con frenetismo. Cualquiera de aquellos hombres podría llevar un cañón de plasma en la espalda y no lo sabría hasta que los tuviera a diez pasos.

—¿Cómo puedes estar segura?

—Mis gafas tienen un programa de reconocimiento de armas —dijo la agente—. Uno de ellos lleva un cuchillo, eso es todo.

Gilberto siguió apuntando aunque apartó el dedo del gatillo. El sonido de las pisadas se intensificaba. Un sonido al que estaba acostumbrado. «¿Zapatos?».

Se escuchó un golpe blando y el espía vio cómo una linterna mostraba uno de los hombres en el suelo, junto a él había un robot logístico que maniobraba para recuperar su ruta.

—¡Levántate! —le gritó otro hombre mientras el tercero seguía avanzando—. ¡Tenemos poco tiempo!

«Yo conozco esa voz». Gilberto escudriñó al que había hablado. Estaba de espaldas y la oscuridad del almacén le impedía reconocerle. Solo podía advertir la americana granate que llevaba encima.

—Seguid —dijo el hombre del suelo—, voy a encender las luces.

—Date prisa —ordenó el hombre de la americana.

«¿Quién eres?».

—¿Dónde tienes el panel de acceso, maldita hojalata? —El hombre que había caído gritaba al logístico mientras examinaba su carcasa. Forcejeó con él hasta dar con un teclado e introdujo una clave—. Enciende luces principales y detén las operaciones de carga.

El robot emitió una serie de pitidos mientras el hombre gateaba un par de metros antes de recuperar la verticalidad y alejarse tras sus compañeros. Era joven y en su mano llevaba un cilindro con cable enrollado. Este empezaba más allá de la puerta del almacén.

Los desconocidos giraron por un pasillo paralelo y se perdieron de vista. Poco después, las luces del techo se encendieron revelando la magnitud de aquel almacén y su contenido. Era como estar en una ciudad de estantes, todas ellas idénticas en tamaño y forma que albergaban miles de cajas de distintos tamaños perfectamente apiladas. Tan artificial y ordenado que parecía la obra de un loco obsesionado con el orden.

«Órganos y cuerpos en cada una de ellas», se asombró Gilberto al ver las cajas.

A los pies de una de las estanterías estaba Rocío, no muy lejos del armatoste destrozado que había sido el centinela, todavía respiraba y hacía pequeños movimientos pero era una certeza que no podría ponerse en pie, mucho menos caminar. Tal vez el golpe no hubiera sido para tanto y se recuperaría, pero no tenían tiempo para quedarse a averiguarlo.

—Tras ellos —decidió.

La agente respondió con un gruñido. También lo hizo Gilberto, que aún sufría debido a las secuelas del agonizador. Sin embargo, no tardaron en situarse a unos treinta metros por detrás del rezagado.

—No parecen de seguridad —susurró Inaya.

—Son de New Life —dijo Gilberto.

—¿Los conoces?

Él negó con la cabeza.

—No les he visto la cara, pero llevan los zapatos de ejecutivo que usan los jefazos de la sede central.

Zapatos de Giotto, pero aquello no era relevante. Seguir el cable, sí. Gilberto apretaba los dientes con cada metro ganado, notando las plantas de los pies ardiendo de dolor. Maldijo al centinela y su agonizador. Comprobó el cargador de su arma solo para tener la certeza de que tenía balas y activó su electrovara para cerciorarse de que la descarga eléctrica podría tumbar a una persona. Sorprendió a Inaya examinando sus movimientos, la mujer estaba alerta a todo cuanto había a su alrededor.

El espía era consciente de que había tenido pocas oportunidades frente a Inaya, pero sus recientes heridas le habían arrebatado las que pudiera aportarle la suerte. «Solo me queda golpear primero. Si es que llegamos a eso».

Gilberto dobló una esquina y se encontró a la agente cubriéndose con una de las paredes. Avanzando con cautela, logró situarse a su espalda.

—El montacargas —susurró Inaya.

La agente observaba a los hombres que se habían detenido frente a unas puertas metálicas que permanecían cerradas. El más joven alternaba la mirada entre el montacargas y una puerta lateral. «Aparenta veinte pero ese no es su cuerpo». Otro hombre, calvo salvo por una minúscula pelusa, sostenía un maletín plateado.

—¡Vamos, vamos, vamos! —decía al pulsar nervioso el botón del montacargas—. ¿Cuánto tiempo nos queda?

—Dieciocho minutos, cuarenta segundos —dijo el tercer hombre. Su americana granate junto a los zapatos le proporcionaba un aire distinguido, pese a que sus palabras indicaban nerviosismo. «Yo conozco esa voz», pensó Gilberto—. Treinta y nueve... —«Una cuenta atrás. ¿Para qué?»—. Quemar los papeles llevará algo menos de tres minutos. Eso nos proporciona un cuarto de hora para salir. Lo conseguiremos.

—Muy justo —dijo el calvo—. No deberíamos haber venido.

—Es necesario que nos llevemos los datos de la Necrosis Multiorgánica —dijo el hombre de la americana—. El nivel diez aguantará el misil del Cirujano y no quiero que los jueces encuentren nada cuando examinen el cráter.

«¿Misil del Cirujano? ¿Cráter?». Gilberto se volvió hacia Inaya. Ella permanecía muy atenta, observando en silencio.

El calvo volvió a pulsar el botón de llamada del montacargas. Después, golpeó con rabia las puertas metálicas.

—¡Venga! ¡Rápido!

—¿Y si vamos por las escaleras? —propuso el joven, señalando la puerta lateral.

Un pitido precedió a la apertura del elevador y los hombres se abalanzaron dentro. El hombre de la americana granate se giró un segundo antes de que las puertas se cerraran. «¡Ryszard Wert!».

El cable se tensó a medida que el montacargas descendía a los niveles inferiores.

Tras el cierre de las puertas, Gilberto corrió hasta el panel del montacargas ignorando el dolor. Resistió el impulso de llamarlo de vuelta.

—Este lugar va a saltar por los aires —gruñó Inaya—. Supongo que tiene algo que ver con esa alarma que hemos escuchado en el exterior y ese lanzamiento de tu maldito porcentaje. Por un momento lo había pensado pero... ¡mierda! Joder, no creí que realmente se tratara de eso. ¿Un misil para destruir un almacén?

—Por eso los militares estaban tan alterados —musitó Gilberto—. La arquitecta dijo que el edificio se construyó para que tuviera puntos débiles. Pero creí que se refería a cargas explosivas. Jamás mencionó nada de un misil.

—Si Wert está en lo cierto —dijo Inaya—, tenemos unos dieciocho minutos para salir de aquí.

Gilberto consultó su reloj. 22.39. «El Cirujano quería evacuar antes de las once de la noche». Inaya también miraba su reloj con gesto preocupado.

—¿Quieres irte?

—Nunca pagan por una operación casi completada —respondió la agente—. Solo me quejo de que ahora haya una cuenta atrás.

—Todo este asunto ha sido siempre una cuenta atrás.

—Ya, eso es verdad —masculló Inaya contemplando el montacargas—. ¿Has visto quién era el hombre de la americana?

Gilberto asintió.

—El presidente de New Life.

—Ajá, ¿qué hace Ryszard Wert aquí?

«Ha dicho algo sobre Necrosis Multiorgánica. Eso tiene que ser la NM. ¿Pero es también el secreto para fabricar cuerpos?». El nombre era demasiado siniestro para que fuera lo mismo. Gilberto contempló el indicador luminoso del montacargas que continuaba descendiendo. Dio un par de dolorosos pasos hasta llegar a la puerta de las escaleras. Al abrirlas se activaron unas luces automáticas.

Inaya se pasó una uña por el labio y miró el hueco de las escaleras.

—Han bajado diez pisos.

—Espero que al subir podamos usar el montacargas —dijo él con un suspiro.

Iniciaron el descenso.

Antes de haber descendido el primer tramo Gilberto ya había desistido en su intento de bajar los escalones de dos en dos. Se sentía como pisar desnudo sobre cristales rotos. El tamaño de los pisos tampoco ayudaba, había contado los cuarenta y siete escalones del primer piso y nada parecía indicar que ese número fuera a reducirse en los otros niveles.

Sujetando su arma con una mano, utilizó la izquierda para apoyarse en la barandilla. El esfuerzo de tener que cargar su brazo izquierdo era un alivio en comparación con la tortura a la que había estado sometiendo a las plantas de sus pies.

«¿Y por qué estoy aquí?». La sensación de que al final de aquella escalera esperaba el secreto de los cuerpos sintéticos lo animaba a continuar. Un secreto que podría compartir con el mundo y vivir el resto de su vida, tal vez ejerciendo una acomodada profesión que no implicara aquel peligroso juego de espías, sabiendo que había hecho lo correcto. Cuerpos para todos, posibilidades para todos.

Cuarta planta.

Inaya. Desde que había visto a la mujer en casa de la arquitecta, Gilberto estaba convencido de que los corporativos de Retorno harían todo lo posible por evitar que el secreto de los cuerpos sintéticos se les escapara. Tampoco estarían dispuestos a que se hiciera público. La posibilidad de que Inaya lo liquidara era casi una certeza, a juzgar por los acontecimientos de aquella noche. Así que su primera prioridad debía ser no morir a manos de la agente. «Esta vez dispararé antes», se repitió.

Quinta planta.

Luego estaba el problema de Retorno. Le parecía el más sencillo de resolver. Si lograba salir vivo de aquel lugar, incluyendo la anunciada explosión que provocaría un cráter, bastaba con acceder a la Red y publicar lo que le esperara en la décima planta. Una vez hecho, ninguna corporación podría lucrarse de la exclusividad de vender la vida eterna.

Sexta planta.

Era lo que siempre había querido, ¿no? Entonces, ¿por qué las dudas?

Séptima planta.

Gilberto había anhelado una vida larga y saludable, como imaginaba que casi todos los seres humanos habían deseado, hasta el momento en que se descubrió la inmortalidad. Ahora se quería más. Se necesitaba. ¿No morir nunca? ¿Quién rechazaría eso?

Octava planta.

La verdadera pregunta. ¿Para qué vivir más si no tenía realmente una razón para vivir? ¿Qué bien podía hacer que hiciera su tiempo algo valioso y bien invertido? Gilberto veía los problemas de la gente: el desempleo frente a las máquinas, la pérdida de derechos, los Estados doblegándose ante... «Las corporaciones». Siempre había sabido que ellas eran las causantes del verdadero problema. Detestaba verse obligado a trabajar para ellas, más aún hacerlo fuera de la ley. *Nadie puede detenerlo.* Tal vez a eso se había referido el Cirujano: nadie podría detener a las corporaciones. Gilberto estaba dispuesto a intentarlo.

Alcanzó la novena planta con razonable equilibrio y alzó la cabeza. La silueta de la agente se recortaba en el umbral de una gran puerta metálica abierta.

—¿Por qué has parado? —El espía miró el tramo de escaleras que continuaba su descenso—. Han bajado otro piso más.

—Ajá, pero como tardabas he decidido satisfacer mi curiosidad —dijo Inaya mostrando la tarjeta de claves del Cirujano con el molde de silicona todavía adherido. Su brazo apuntó a la sala al otro lado de la puerta—. Te dije que eran clones.

14

El espía dejó atrás las escaleras y continuó observando boquiabierto la enorme sala en la que se encontraban. *Grandes bóvedas huecas para maximizar el espacio.* «¿Había sido consciente la arquitecta sobre cómo utilizarían este espacio?».

Perfectamente alineadas se hallaban varias filas de enormes vainas de cristal llenas de un líquido anaranjado. Flotando en su interior había humanos conectados a numerosas sondas que daban la impresión de estar durmiendo plácidamente. A los pies de cada tanque había una computadora que mostraba los signos vitales de sus ocupantes, cantidad de nutrientes en la sangre y estado de conservación de sus órganos.

Algunas vainas estaban vacías.

Gilberto contuvo una arcada, horrorizado al advertir que cada uno de los tanques estaba numerado con seis cifras. ¿Había un millón de personas en aquel lugar?

—Es despreciable —escupió.

Inaya suspiró.

—Ya te dije que eran clones. El gran secreto del Cirujano no es para tanto: eliges a un voluntario sano, le pagas a cambio de sus genes y haces mil copias de él.

—Y yo te dije que Retorno había descartado la clonación porque es demasiado caro hacer copias de una persona.

—El Cirujano era un tipo muy listo. —Inaya alzó el brazo hacia los tubos—. ¿Me vas a decir que esos no son clones?

No podían serlo. Hombres, mujeres, niños y niñas. Seres humanos en distintas etapas de su vida. E incluso bebés recién nacidos. Gilberto estaba dispuesto a jurar que ninguno de ellos era idéntico. Desnudos y flotando en el interior de aquel líquido anaranjado podían parecerse unos a otros, pero no lo eran.

A Gilberto se le aceleró el pulso.

—No son clones —reiteró.

Inaya puso los ojos en blanco mientras Gilberto se acercaba a la computadora de uno de los contenedores.

—Lo que tú digas —dijo la agente mientras consultaba su reloj—. Será mejor que sigamos...

—Son tubos de gestación —expuso Gilberto mientras contemplaba el código génetico en la pantalla. No entendía la mitad de las palabras y gráficas, pero sí sabía qué eran aquellos cuerpos—. Son tubos más avanzados que los que encontrarás en los hospitales, pero con el mismo funcionamiento: asegurarse de que el feto llegue a buen término. —Se volvió hacia Inaya—. ¿Para qué clonar humanos pudiendo fabricarlos? Es más barato construir personas reales.

Inaya se quedó mirando todos aquellos cuerpos dentro de los tubos.

Gilberto recordó un dato curioso de cuando estudiaba el personal de New Life para ver si alguien podía proporcionarle información. Aquel camino no dio frutos pero en aquel momento le sorprendió la gran cantidad de especialistas en fertilidad y maternidad que la corporación tenía en nómina. Aquellos tubos explicaban porqué.

Concebidos en laboratorios de fecundación, los cuerpos gestaban en aquellas vainas, hasta que un cliente los reclamara. Gilberto estaba frente al supuesto milagro que había salvado al mundo de los cazacuerpos.

—Es una granja.

—Por eso necesitaban una cámara de secretos —dijo Inaya.

Él negó con la cabeza.

—Es una cámara de los horrores.

New Life había dado con el método perfecto de conseguir cuerpos para el reenganche, pero estaba claro, por las características de aquel almacén, que la corporación no estaba dispuesta a que se supiera cómo lo hacían. Y Gilberto tenía la triste impresión de que si el público lo descubría el escándalo sería momentáneo; terminaría siendo considerado un mal necesario. Inaya había reaccionado con indiferencia a que los ocupantes de los tubos fueran clones.

«Solo al Cirujano parecía preocuparle que todo esto se supiera». *Ella lo borrará todo.* De nuevo aquellas palabras parecían significar algo diferente. ¿Había temor en ellas? ¿Alivio? ¿Resignación? El espía contempló aquellos cuerpos y las pantallas inferiores. Entre los datos desplegados había una etiqueta que llamó su atención.

Sujeto infectado con NM. Se acercó al siguiente. *Sujeto infectado con NM.* Y al siguiente... Todos tenían esa etiqueta.

—Gilberto, solo nos quedan once minutos.

La explosión que Ryszard Wert había anunciado parecía ser obra del Cirujano, él había lanzado aquel misil para destruir el almacén. «Pero nunca te dijeron que había una segunda cámara. Una que aguantara la destrucción de los niveles superiores».

El cuello de Gilberto emitió un chasquido al girarse repentinamente hacia la puerta de acceso. El reloj seguía corriendo.

—Tenemos que ir al nivel diez —sentenció Gilberto, arrastrando los pies de vuelta a las escaleras—. Allí abajo hay algo peor.

—¿Peor? —exclamó Inaya al señalar aquellos tubos que dejaban atrás—. ¿Qué puede ser peor?

—Se llama Necrosis Multiorgánica. —Gilberto apretó los dientes e ignoró el dolor al bajar los escalones de dos en dos—. Y es lo que Ryszard Wert quiere llevarse de aquí.

15

El décimo nivel estaba a mayor profundidad y tenía un aspecto muy diferente a sus nueve predecesores. Las paredes eran considerablemente más bajas y no estaban construidas con hormigón sino con un metal blanquecino. Gilberto no sabía qué clase de material era, pero daba la impresión de ser la impenetrable entrada que precedía a montañas de oro. «O a oscuros secretos que debían permanecer ocultos». Los muros tenían un grosor de casi tres metros y la puerta hermética se componía de media docena de cierres hidráulicos y magnéticos que serían el desafío de ladrones y maestros de la seguridad.

Inaya sonreía de oreja a oreja.

—¿Quién deja una cámara acorazada abierta? —susurró.

—Supongo que esos corporativos no podían perder tiempo cerrándola y abriéndola —repuso Gilberto con el subfusil preparado. El roce del metal sobre las yemas le provocaba picores—. Además, no quieren cortar este cable —añadió al ver aquel misterioso hilo metálico.

—Y no saben que estamos aquí.

Con un gesto de la cabeza, indicó a Inaya que entrara, él la siguió muy cerca.

Comparado con las zonas de carga superiores, la estancia era ridículamente pequeña, apenas más grande que el apartamento de Gilberto. La famosa segunda cámara de Rocío se componía de unos armarios donde se podía ver comida enlatada y dos sillas frente a un clasificador de carpetas donde los tres hombres tenían puesta su atención.

Hojas de papel cubrían el suelo a medida que los corporativos las despreciaban. De vez en cuando, una de las carpetas parecía relevante y el más joven la abría con un afilado cuchillo. El calvo clasificaba su contenido y se lo pasaba a Wert para que tomara retratos de alta resolución. «Un proyecto Cero Digital», recordó. El cable que habían traído con ellos terminaba en un comunicador donde una voz radiada informaba del combustible restante. «Su vehículo de huida».

—Este es el último —dijo el presidente Wert al tomar una nueva carpeta—. Destrúyelo todo.

El calvo abrió su maletín plateado revelando un par de frascos con un líquido grisáceo. «Pirocita». Gilberto dio un paso más hacia los corporativos, convenciéndose a sí mismo de que apretaría el gatillo antes que permitirles destruir aquellos papeles.

—Quedan menos de diez minutos —dijo el joven—. No creo que vayamos a conseguirlo.

—No importa —replicó Wert—, destruimos los documentos y luego cerramos la cámara acorazada antes de que caiga el misil.

El presidente se giró hacia la compuerta y vio los dos subfusiles que lo apuntaban.

—¡No os mováis! —exclamó Gilberto.

Esgrimiendo el cuchillo, el más joven se abalanzó sobre ellos. Inaya lo tumbó de tres disparos y encañonó el arma hacia los otros dos hombres.

—¿Algún otro valiente? —dijo mientras manipulaba su pulsera.

Los dos corporativos se quedaron quietos pero Ryszard Wert apretó los dientes cuando vio el uniforme de New Life bajo la chaqueta.

—Gilberto Penna —escupió mientras alzaba un dedo acusador. «¿Sabe mi nombre?»—. ¿Eres consciente de lo que has hecho, maldito imbécil?

—Ha sido un accidente —dijo el espía—. No quería que el Cirujano muriera.

—Has hecho algo mucho peor, has dejado que lanzara su puto misil. Por tu culpa he tenido que venir aquí en persona.

—No había manera de detener la barra de carga.

—¡Haberlo atropellado antes de que la activara!

—¡Dejaos de charlas! —interrumpió Inaya, dando una patada al cuchillo para alejarlo de los corporativos—. Estoy segura de que todos queremos irnos de aquí antes de que este lugar explote. A lo importante. Tú, presidente Wert, hemos visto los tubos en el nivel de arriba. ¿Es eso todo lo que se necesita para fabricar clones?

Gilberto se volvió furioso hacia Inaya. «No has tardado ni cinco minutos en aceptar ese horror».

Wert se mostraba confuso e intercambió una ojeada con el calvo, que asentía lentamente. La espalda del presidente se enderezó.

—Los clones son demasiado caros —repuso como si le hablara a una junta de accionistas. Inaya disparó una ráfaga sobre la cabeza del presidente—. ¡Sí, sí! ¡Joder! Cualquier bioingeniero podría conseguir cuerpos así.

—¿Seguro? —preguntó la agente ajustándose las gafas—. ¿Gente nacida en tubos de fecundación y ya está?

El presidente de New Life asintió.

—No es tan difícil, solo hacía falta coraje. Hace quince años que ningún político tiene que responder por la alta tasa de jóvenes desaparecidos. —Wert elevó un dedo hacia los nueve niveles superiores—. Había que buscar una solución a las consecuencias del reenganche, y esta era la más barata.

Gilberto dio un paso al frente, la planta del pie respondió con un pinchazo. Apretó los dientes y se acercó al presidente de New Life.

—Si todo el mundo parece contento con vuestra conspiración, ¿por qué el Cirujano tenía miedo de ser descubierto? ¿Por qué hay un misil en camino?

—No dispares a Wert —dijo la voz de Inaya a su espalda.

El espía dio otro paso.

—¿Qué es la Necrosis Multiorgánica?

Los ojos de Wert y su colega se posaron en los papeles, en la placa de datos y en la pirocita. El intercambio de miradas era un mal presagio.

—Un aliciente para el consumidor —dijo Wert.

El calvo dio un paso hacia el maletín.

—No te muevas —le ordenó Gilberto, apuntándolo con el subfusil.

—El mundo no termina por una pequeña explosión —continuó Wert.

El calvo dio otro paso.

—No te muevas, desgraciado.

—Cuando la conmoción desaparezca y la bolsa se recupere, New Life tendrá que seguir ofreciendo sus servicios. —«No vas a distraerme». Gilberto siguió apuntando al calvo—. No podremos hacerlo si el cliente descubre un fallo en el producto.

El calvo bajó lentamente la mano hacia la pirocita.

Gilberto apretó el gatillo pero su arma no disparó, tan solo emitió un chasquido, sí disparó la de Inaya que llenó de plomo al calvo cuyo cadáver se desplomó sobre la mesa. El golpe derribó el frasco de pirocita. Rodaba hacia el borde.

—¡No! —exclamó Gilberto.

Dio dos zancadas y se abalanzó sobre el frasco. Sus dedos lo agarraron antes de que cayera al suelo pero el impulso del salto precipitó a Gilberto contra el clasificador. El hombro del espía hizo un doloroso movimiento antinatural y un nuevo pinchazo se sumó a los que ya tenía. El frasco crujió en el interior de su mano y Gilberto lo contempló aterrorizado, una espeluznante grieta amenazaba con convertirlo en una antorcha.

Se puso en pie y, con sumo cuidado, dejó la pirocita sobre la mesa.

—¡Quieto! —gritó Inaya a su espalda.

Gilberto se giró a tiempo de ver cómo el presidente de New Life corría hacia él. Los dos hombres chocaron y cayeron al suelo. Gilberto alzó el puño pero Wert le inmovilizó un brazo, y luego otro. Antes de que se diera cuenta también tenía las piernas bloqueadas y el codo de Wert se apretaba contra su nuez. «Me va a partir el cuello», se horrorizó. Lo único que Gilberto podía hacer era mover los dedos.

La fuerza con la que Wert lo aprisionaba se desvaneció y Gilberto recuperó el control de sus extremidades. Pudo ver la figura de Inaya castigando con salvajes patadas al presidente de New Life. Este trataba de bloquear los golpes pero Inaya se movía con asombrosa agilidad y furia. Una otras otra, y sin dejarle el más mínimo margen para defenderse, las patadas fueron doblegando a Wert.

Lo único que el corporativo podía hacer era proteger su cabeza con los brazos.

Inaya fue espaciando los golpes hasta que finalmente se detuvo. Wert gemía dolorido.

—Si no te liquido aquí mismo es porque puede que Retorno tenga algunas preguntas para ti —le advirtió Inaya.

El presidente de New Life se apoyaba a cuatro patas, escupiendo babas mezcladas con sangre y gimiendo a cada movimiento. Gilberto se puso en pie y se alegró de comprobar que no era el único dolorido.

—Así que Retorno, ¿eh? —dijo Wert con voz entrecortada—. No pienso decirle nada a esos segundones que solo sacan beneficio robando los logros de los demás.

—Eso ya lo veremos —dijo la agente sacando su estuche de tortura y mostrándoselo al presidente—. ¿Te gusta lo que ves? —Cerró el estuche y lo dejó en el suelo—. Tú y yo quizá tengamos una dolorosa conversación. O una muy amable, tú eliges.

Gilberto se sujetaba el cuello sin estar muy seguro de no tener obstruida la tráquea.

—Tenemos que irnos de aquí —balbuceó.

—Todavía tenemos unos ocho minutos —repuso Inaya echando un vistazo sobre los papeles—. Hay tiempo. Será mejor que quites esa pirocita de ahí antes de que ocurra una desgracia. Yo vigilo a este capullo. ¡De rodillas!

Gilberto se echó el arma al hombro y se acercó al clasificador mientras recuperaba el aliento. Olía a la sangre del calvo. Y la del joven que la agente había abatido. Ambos tenían viscosas manchas rojas a su alrededor. «Los disparos de Inaya». Gilberto tomó la pirocita entre sus dedos con mucho cuidado. Su codo rozó la empuñadura de su subfusil y frunció el ceño.

—He apretado el gatillo...

Tomó la pirocita con cuidado y con la mano libre ladeó el arma; había comprobado el cargador tras el encuentro con el centinela y el seguro no estaba activo. «¿Se ha encasquillado o...?». Inaya estaba mirándole. No. Estaba de lado, fingiendo que no le miraba a él sino a Wert, de rodillas en el suelo y con las manos detrás de la cabeza. Junto al presidente estaba la placa de datos que contenía las fotografías, pero Gilberto supo que Inaya lo observaba gracias a sus gafas. Preocupada.

—A veces te mandan matar a alguien —dijo Gilberto— pero se arrepienten en el último momento.

Inaya suspiró.

—Podrías haber sido muy bueno en esto —dijo girándose hacia él.

—Yo nunca sería un cazacuerpos —espetó Gilberto.

La mirada de Inaya se endureció.

«¡Dispara antes!», se dijo Gilberto. No podía contar con el subfusil saboteado, pero sí con la pirocita. De un certero lanzamiento, el frasco se estrelló contra el pecho de Inaya justo cuando ella estaba alzando el arma.

Al principio, no pasó nada.

—¡No! —exclamó Inaya con absoluto terror.

El olor a pepinillos rancios llegó antes que la reacción química. Inaya dio un paso atrás antes de quedar envuelta en una bola de fuego. Sus angustiosos gritos inundaron el interior de la cámara acorazada. Sus manos se convirtieron en antorchas cuando intentó inútilmente quitarse el líquido de encima. Corrió de un lado a otro convertida en una pira que desprendía un nauseabundo olor a carne abrasada. Al final, terminó cayendo al suelo, rodando sobre sí misma y sin dejar de gritar. En uno de sus erráticos giros acabó sobre los papeles del clasificador, y estos brotaron en llamas como si hubieran estado cubiertos de petróleo.

El espía trató de acercarse y salvar los documentos pero Inaya continuaba moviéndose de un lado a otro y el más mínimo roce podía convertir a Gilberto en una segunda antorcha. La agente en llamas arremetió contra el clasificador y el otro frasco de pirocita cayó al suelo con un crujido. Un segundo después, todo el clasificador se convirtió en una hoguera. Los documentos, las carpetas y todo el mobiliario se fueron convirtiendo en llamas, humo y cenizas.

Los archivos secretos de New Life desaparecían entre humo y destellos naranjas.

16

Ryszard Wert observó la hoguera y después a Gilberto. El rostro del presidente era de satisfacción. Se incorporó y lanzó su placa de datos sobre el cuerpo en llamas de Inaya.

—Me hubiera gustado llevarme el secreto de la NM —dijo entre toses por culpa del humo—, pero quizá sea mejor que ni yo mismo conozca cómo funciona.

Intercambiaron una dura mirada antes de moverse rápidamente. A través del humo, vio a Wert acercarse al estuche de tortura. Gilberto corrió hacia él.

Inaya explotó.

Una de las granadas que la agente llevaba encima había detonado y la onda expansiva derribó al espía. Los oídos le zumbaban y solo acertó a ver cómo el presidente Wert gateaba hacia el estuche de tortura y extraía un cuchillo de su interior. Al levantar el arma, volcó su contenido; diversos objetos puntiagudos cayeron al suelo, incluido un cilindro opaco cuya tapa se desprendió. Algo salió de su interior. «¡El bicho!».

Los ojos de Gilberto trataron de seguir los movimientos del gusano de Kífer pero el humo y las cenizas del papel carbonizado lo cubrían todo; el sudor cayendo sobre sus ojos tampoco ayudaba. Wert esgrimía un cuchillo curvo extremadamente afilado, la hoja reflejaba las llamas de la habitación. Alzó la vista hacia Gilberto y sonrió con arrogancia.

El espía dejó caer al suelo su subfusil saboteado.

—Qué inesperado giro de la situación —dijo el presidente exhibiendo su cuchillo—. Soy yo quien tiene el arma.

Gilberto abrió su chaqueta y extrajo su electrovara. La desplegó de un golpe seco y la sonrisa de Wert se desvaneció.

—Electrovara modelo Pistone para empleados de New Life. —Activó el interruptor y la corriente eléctrica circuló por el extremo superior—. Gracias, señor presidente.

Wert apretó los labios y dio un paso al frente. Gilberto sintió el impulso de retroceder pero notó el calor a su espalda. «Ah, no, no caeré en esa trampa».

—Esta vez no me harás una de esas llaves de karate —aseguró dando un paso hacia el corporativo.

—Es lucha grecorromana, maldito...

Wert no pudo terminar porque el espía lanzó un par de estocadas tratando de alcanzar al presidente. Este solo pudo ladear el cuerpo y agacharse, retrocediendo con cada nuevo envite, haciendo lo posible para mantenerse alejado del arma, justo lo que Gilberto esperaba. Lo tenía a la defensiva.

El sonido de la electrovara se asemejaba al de una prensa hidráulica, con estacazos secos que hacían que Wert apretara los dientes. Tres pasos más llevaron al corporativo casi al borde de la pared. Intentó desplazarse a la izquierda pero Gilberto se convirtió en su sombra y dos nuevos chispazos le obligaron a detener su avance.

Idéntico resultado dio una segunda intentona, también por la izquierda. Los destellos azules resplandecían entre el humo. El espía sonrió; la electrovara contaba con suficiente batería para durar horas, y no escatimó en lanzar descargas eléctricas para intimidar al corporativo. Wert avanzó con el cuchillo pero Gilberto dio un paso a la izquierda para esquivarlo.

Su pie pisó algo mojado y trastabilló, obligándole a apoyar la mano en el suelo para evitar caer. Su palma se impregnó de algo viscoso y cálido. Sangre. Gilberto se percató demasiado tarde de que Wert lo había dirigido junto al cadáver del joven y alzó la cabeza justo a tiempo para observar al presidente abalanzarse sobre él. Gilberto describió un arco bajo con la electrovara. La descarga eléctrica alcanzó a su rival, haciendo que soltara el cuchillo, pero la inercia de Wert era imparable.

Profiriendo gruñidos de dolor y resoplando, los dos hombres se enzarzaron en una lucha tan cercana que sentía las cálidas babas de Wert sobre su mejilla. El corporativo estaba desorientado tras la descarga eléctrica pero de un golpe hizo que Gilberto soltara la electrovara. Pese a aquel revés, Gilberto se las arregló para situarse encima, castigando la nariz y el rostro del presidente con sus puños. El humo en el aire se pegaba a su garganta y los ojos le lloraban.

Wert reaccionó tratando de situarse encima y ambos hombres rodaron por el suelo, alternándose arriba y abajo en su esfuerzo por imponerse. Cada vez que estaba arriba, Gilberto trataba de echar pie en el suelo para evitar aquellos giros, sin conseguirlo. Continuaron rodando hasta que el hombro del espía dio con la pared. Él había quedado debajo.

—¡No!

Wert le fue inmovilizando una a una sus extremidades hasta que solo tuvo libre el brazo izquierdo, cuyo codo golpeaba sin piedad el riñón del corporativo. Este aguantaba los golpes sin ceder en su presa y tras varios intentos logró apretar el cuello de Gilberto.

—¡Cabrón!

Abrió la boca cuanto pudo pero no podía coger aire, Wert lo estaba ahogando. Ahora no contaba con Inaya para que lo ayudara; al otro lado de la sala, la mujer era un bulto negro rodeado de llamas y humo.

Algo se arrastró a gran velocidad. «¡El bicho!».

Gilberto no dejó de golpear a Wert con su mano libre pero sus codazos cada vez tenían menos ímpetu. Le faltaba el aire. El gusano de Kífer regresó, quedándose a pocos centímetros de los dos hombres. No era más grande que una pestaña pero el espía supo que su cabeza apuntaba hacia ellos. El bicho avanzó.

El espía hizo un esfuerzo supremo para girar sobre sí mismo y le dio tres codazos a Wert en la nariz. El corporativo gritó de dolor y aflojó ligeramente su presa. Aprovechando aquel efímero momento, Gilberto solo tuvo que empujar la mano de Wert hacia el gusano que avanzaba rápidamente. El bicho hizo el resto.

La presa que el corporativo mantenía sobre Gilberto se detuvo por completo y fue reemplazada por unos movimientos frenéticos semejantes al chapoteo de un niño que no sabía nadar. Se retorcía, doblaba y giraba como había hecho Inaya al arder.

El presidente de New Life gritaba de puro dolor.

17

—¿QUÉ ME PASA? —preguntaba Wert entre alarido y alarido mientras el gusano de Kífer lo devoraba.

Gilberto se apoyó en la pared para levantarse y se mantuvo quieto unos segundos tratando de recuperar el aire. El corazón le bombeaba a toda velocidad. Era la segunda vez que casi moría ahogado esa noche. El aire que respiraba estaba impregnado de humo y le hacía toser con violencia; su boca estaba llena de una pasta asquerosa donde se mezclaba el humo, la sangre del corporativo y la poca saliva que le quedaba; y todo su cuerpo dolía como si se estuviera bañando en cristales rotos.

Pero estaba vivo.

Se fijó en lo que quedaba de Inaya, rodeada de llamas. «Junto a los papeles del Cirujano». Más gritos a su espalda le indicaron que Wert seguía soportando al gusano de Kífer. «Hasta que mueras». Gilberto se fijó en el estuche de tortura, sus renqueantes pasos lo llevaron hasta él. Los utensilios de tortura estaban desperdigados por el suelo. Rebuscó las ampollas de calmantes y las tomó con cuidado.

Se volvió hacia el presidente.

—Tienes un parásito en el cuerpo —le dijo el espía. Wert se retorcía en el suelo—. Te va a devorar por dentro a menos que yo lo mate con estas drogas.

El corporativo extendió una mano suplicante hacia Gilberto. Sus ojos se posaron en las ampollas y se volvieron desconfiados. Retiró la mano.

—Eso son calmantes.

«Piensa, Gilberto».

—Ese bicho no se lleva bien con este tipo concreto de calmante.

—¡Dámelo!

—Necesitaré respuestas a mis preguntas.

Wert apretó los dientes pero no pudo contenerse y acabó gritando.

—¡Ayúdame y te diré lo que quieras!

A la vista de su expresión corporal, era fácil adivinar por qué el gusano era una herramienta de tortura tan eficaz. Gilberto extrajo una de las ampollas y se la clavó a Wert en la pierna, el gesto del presidente se relajó al momento, pese a que todavía tenía espasmos por culpa del gusano que estaba devorándolo trocito a trocito. Sus ojos se quedaron entreabiertos conforme la droga se apoderada de su cuerpo y se apoyó en la pared. El espía aguardó unos instantes a que Wert se recuperara.

El repentino silencio solo se veía interrumpido por el crepitar de las llamas. El clasificador había quedado reducido a restos ennegrecidos imposibles de reconocer. Igual que el comunicador portátil que los corporativos habían traído, parte del cable también había sido víctima de las llamas, convertido en un pegote de plástico derretido.

En ese momento unos extractores cobraron vida y el humo del lugar fue desapareciendo entre silbidos. Pocos segundos después se conectaron unos aspersores y pesadas gotas cayeron sobre la cabeza de Gilberto. La luz de las llamas se fue desvaneciendo y el apacible blanco de las lámparas se fue adueñando del lugar.

Gilberto juntó ambas manos para recoger agua con la que saciar su sed. Sabía a rayos. A ceniza, sangre, sudor, polvo y... la escupió.

—No es agua.

Wert negó con la cabeza, apoyando una mano en el suelo para no caerse.

—Es un disolvente —explicó arrastrando las palabras—, para asegurarse de que las llamas no dejen nada.

El líquido caía sobre los carbonizados papeles que se deshacían en partículas diminutas que se mezclaban con el disolvente y la sangre de los fallecidos, unos pequeños sumideros no parecían dar a basto para tragar aquella cantidad. «Un esfuerzo titánico para no dejar pruebas», reflexionó. Ubicaciones secretas, cámaras acorazadas, pirocita, disolventes... La máxima expresión de la paranoia.

—¿No hay copias de estos documentos?

—En la cabeza del Cirujano. —El presidente de New Life consultaba su reloj—. Deberíamos cerrar la puerta acorazada —añadió señalando la entrada al décimo nivel—. Quedan tres minutos antes de que caiga el misil.

—¿Por qué un misil?

El corporativo hizo un gran esfuerzo por mantener la cabeza apoyada en la pared.

—El Cirujano quería un sistema para destruir a distancia este almacén, así que se le ocurrió la estúpida idea de hacerse con el control de un misil. —Wert sufrió otro espasmo—. A ese hombre no se le podía negar nada, tuvimos que hacerlo.

El presidente empezó a temblar mientras apretaba los dientes. El dolor había regresado antes de lo que el espía esperaba. «Ese gusano es un auténtico monstruo».

—¡Absurdo! —exclamó Gilberto—. Seguro que el gobierno tiene sistemas de seguridad para evitar eso.

Wert gimió.

—Hay gobiernos que son muy torpes al proteger sus códigos de misiles. La gente es fácil de sobornar y solo necesitas la inteligencia artificial adecuada. El Cirujano la tenía en su placa de datos.

—Pero no le dijisteis nada de este lugar, ¿cierto?

—Queríamos proteger su trabajo. Incluso de él mismo.

Ella lo borrará todo. El Cirujano quería que todo desapareciera, que solo el secreto de la inmortalidad permaneciera. Nada más, ni cuerpos en tubos de fecundación ni...

—¿Qué es la Necrosis Multiorgánica? —preguntó Gilberto mientras agitaba una segunda ampolla de sedante frente a los ojos desorbitados de Wert.

El hombre pareció resistirse pero, primero sus ojos, luego toda su expresión facial y, por último, su cuerpo comenzó a convulsionarse. El tormento había regresado con renovada intensidad y no tardó en lanzar nuevos alaridos que resonaron entre el discurrir del líquido sobre el suelo.

—¡Dámela!

—¿Qué es la NM? —repitió Gilberto.

—¡Un fallo de producto!

«Así has llamado antes a las personas que hay en los tubos».

—¿Qué fallo tienen esos cuerpos?

Wert dio otro espasmo.

—Caducan con el tiempo.

—¿Y eso qué significa?

—Obsolescencia programada.

«Es como hablar con una maldita IA».

—¿Qué cojones es la Necrosis Multiorgánica? —dijo partiendo una ampolla contra el suelo. Aquello horrorizó al presidente.

—La NM hace que el cuerpo en el que te reenganchas solo dure cierta cantidad de tiempo. Después, debes comprar otro.

—¿Cuánto tiempo antes del próximo reenganche? ¿Cómo funciona?

—¡No lo sé! Eso solo lo sabía el Cirujano. Yo no tengo ni idea. Los órganos se infectan y dejan de funcionar. Como no hay cura aparente, el cliente debe comprar nuevos órganos u otro cuerpo. ¡No tengo los detalles! Él no quería hablar de ello, insistía en que todavía no estaba listo, pero el asunto se eternizaba y las previsiones de ingresos podían ser mejores. Así que colocamos algo menos de dos millones de productos para comprobar sus efectos. Los cuerpos más nuevos lo tienen.

Gilberto frunció el ceño, acababa de recordar las palabras de Inaya. *Es una mancha negra en los pulmones. Los médicos creían que era cáncer pero ahora no están seguros. Lo más sencillo es que me cambie el pulmón y listo.* «La NM está ahí fuera».

—No me puedo creer que hicierais eso, ni que nadie os denunciara.

Ryszard Wert emitió un gemido de dolor.

—No soy idiota —masculló—. Las inteligencias artificiales no desobedecen.

«Evidentemente». New Life no solo había sustituido parte de sus trabajadores manuales por máquinas, también en aquellos puestos donde la conciencia humana podía haber sido un problema.

—¿Es contagiosa?

—Se transmite por vía genética.

—¿Hay cura?

—Comprar.

Gilberto no le creyó. Tomó las tres ampollas restantes y se las mostró a Wert, este las contempló como un oasis en el desierto. Aplastó la primera contra el suelo.

—¿Qué haces? —exclamó Wert.

—¿Hay cura?

—¡El Cirujano sabría!

Partió otra ampolla.

—¿Hay otra cura? —preguntó mientras agitaba el último sedante frente al corporativo. El hombre se veía desesperado.

—¡No lo sé! ¡Lo juro! De eso se ocupaba el Cirujano. ¡Él! ¡Fue él!

El presidente de New Life se sacudió con un espasmo. Los efectos de la última dosis se habían desvanecido por completo, y tenía un gusano carnívoro devorando sus entrañas. Wert gritaba.

Gilberto miró los papeles destruidos y las llamas en las que el presidente había arrojado su placa de datos.

—¿Fue idea tuya? —preguntó en voz baja—. ¿Crear la NM?

—Solo dije... —murmuró Wert—. No sé lo que dije. Estábamos tomando copas y dije que si los clientes necesitaban un cuerpo cada cincuenta años no íbamos a sacar beneficio de los tubos de gestación.

Una broma. Fue una broma. Habíamos bebido mucho y alguien propuso poner fecha de caducidad.

Gilberto consultó su reloj, quedaba menos de un minuto para que el misil cayera.

—Fue idea tuya —sentenció, alejándose del corporativo.

—Dame la ampolla, por favor —suplicó.

Gilberto miró al exterior de la cámara, el panel de acceso estaba junto a la puerta.

—Ve a buscarla si la quieres.

El espía lanzó la ampolla a las escaleras. El frasco se deslizó sobre el suelo mojado a toda velocidad, levantando gotas que centelleaban con las luces del techo. Wert se quedó boquiabierto al ver su calmante alejarse y gateó tan rápido como pudo hacia él.

Al otro lado de la puerta acorazada, el espía activó los mecanismos de cierre y la pesada mole de metal blanquecino, tras ronronear un instante, comenzó a cerrarse.

—¡Hijo de puta! —exclamó Wert al ver la puerta cerrarse tras él—. ¡Cabrón!

Gilberto mantuvo su mirada a medida que la silueta del corporativo quedaba oculta por la puerta.

—¡Esto nunca habría pasado si no hubieras estado husmeando donde no debías! —gritó el corporativo un instante antes de desaparecer por completo—. ¡Todo es culpa tuya!

La cámara acorazada emitió un estruendo metálico y los sellos resonaron por toda la estancia, asegurando el cierre hermético.

Veinte segundos después, un temblor, tres veces más potente que cualquier terremoto, hizo pensar a Gilberto que el fin del mundo había caído sobre él. Las luces del techo parpadearon y el líquido sobre el que chapoteaba se agitó con violencia. El silbido de los extractores se cortó bruscamente y un instante después también lo hicieron las luces.

Gilberto se quedó acurrucado en un rincón de la sala, calado hasta los huesos y envuelto en la oscuridad, reflexionando sobre qué haría cuando lograra salir de allí. Ya conocía el secreto de los cuerpos, pero no lo revelaría, no si el precio era cultivar seres humanos.

Por otro lado, sí había algo que podía hacer: averiguar cómo hacer frente a la Necrosis Multiorgánica que Ryszard Wert había liberado en el mundo.

El auténtico legado del Cirujano.

¡Gracias por haber leído *El Cirujano*!

Si te ha gustado, apreciaría que dejaras una opinión sobre qué te ha parecido, ya sea en *Amazon, Smashwords, Lektu, Goodreads*, tu propio blog o en los lugares que mejor te parezcan. No es obligatorio, claro está, pero los autores independientes necesitamos difusión para que se conozcan las obras que tanto trabajo nos ha costado que vean la luz.

Sobre el autor

Carlos Pérez Casas nació en Zaragoza en 1989. Licenciado en Historia por la Universidad de Zaragoza. Terminó sus estudios en Trinity College of Dublin. Máster en Historia Contemporánea por la Universidad de Zaragoza. Máster en Educación para el Profesorado de Secundaria y Bachillerato.

Redactor habitual en su blog, *Basado en hechos imaginarios*, donde publica reseñas, relatos cortos y recursos para escritores de fantasía y ciencia ficción. Si quieres estar al tanto de las últimas novedades, no dudes en suscribirte.

www.carlosperezcasas.com

Otras obras de Carlos Pérez Casas

Ciencia ficción

El Cirujano

El Señor es mi pastor

Novela histórica

El alguacil

Fantasía

Mundos fantásticos (Varios autores). Gratis en Lektu

Made in the USA
Columbia, SC
01 August 2024

39788805R00081